極・犬
−極上な犬は刑事に懐く−

CROSS NOVELS

日向唯稀
NOVEL: Yuki Hyuga

藤井咲耶
ILLUST: Sakuya Fujii

CROSS NOVELS

CONTENTS

CROSS NOVELS

CONTENTS

極犬
GOKUINU
－極上な犬は刑事に懐く－
CROSS NOVELS

プロローグ

「ただいま」

小さいながらも庭つきの一軒家には、いつも笑顔が絶えなかった。

家族は全員仕事持ちだが、留守を承知で声に出したのは、もはや習慣だ。

「腹減った」

玄関から真っ直ぐにリビングへ向かうと、斜めがけの鞄をソファに置いた。

「なんだろう。兄貴から俺宛てって、もしかしてプレゼントかな？」

大型テレビの前に置かれたテーブル上の宅配便を目にして、思わず口元が緩む。勝手な想像をしたのは、今日が銭村芳幸《ぜにむらよしゆき》にとって十九回目の誕生日だからだ。

「兄貴は俺には甘いからな〜。今夜は定時で帰るって言ってたし、期待しとこう」

浮かれてキッチンに向かうと、シンクで手を洗ってから冷蔵庫の飲み物を取り出した。

その足でダイニングテーブルに着くと、母親が作り置きしていった自家製酵母のドーナツを嬉しそうに頬張る。

その姿は悪戯《いたずら》盛りの少年時代からあまり変わらない。やんちゃで甘え上手な性格もあるだろうが、制服を着れば十分高校生で通ってしまいそうだ。

「あー、とりあえず落ち着いた」

食べ終えると小腹と一緒に気持ちも満たされた。手元にあったリモコンでテレビをつける。

このあたりまでは無意識に繰り返している帰宅後のパターンだ。

〝臨時ニュースをお伝えします〟

しかし、今日はいつもと何かが違った。銭村はテレビから流れたアナウンスと同時に、物々しい雑音に耳を奪われたのだ。

「なんだこれ」

一見それはいつも目にする刑事ドラマに似ていたが、再放送ではなかった。

画面の隅には、女性子供を含む人質十数名を取った銀行強盗の立てこもりという見出しがある。

犯人は三人組で、それぞれ猟銃を持っている凶悪犯罪の中継だ。

事件現場の上空には、民間のヘリコプターが飛んでいた。

マスコミがテレビを通じて、リアルタイムに事件を報道している。まるでイベント中継でもしているようだ。

「え、これってリアル？」

一瞬銭村は、怒りにも似た違和感を覚えた。

警察の行動が、すべてアナウンサーによって解説されていた。

もしこれを犯人が観ていたら、警察の動きは丸わかりだ。それほど、どこで誰が待機しているのかが筒抜けだったのだ。

「そんなはずないか」

あまりの非常識さに銭村は、「やっぱりドラマだ。きっとリアルに見せているだけなんだろう」と思い直した。

だが、そのとき犯人側と警察側の双方に新たな動きが起こった。銭村は思わず身を乗り出した。

正面玄関、隣のビル、屋上と複数に待機していた警視庁のＳＩＴ《特殊捜査班》に突入の命令が下った。

「そんな、マジかよ。まさか兄貴、いないよな？」

部隊が前進したと同時に、犯人たちが乱射した。それが引き金となり、ＳＩＴたちは銀行内へ強行突入――犯人逮捕までの時間は一分もなかったように感じた。

その間も報道はされ続けていた。

アナウンサーは画像を見ながら解説し、また秒単位で送られてくる現場からの報告を読み上げた。そして、言葉を詰まらせたかと思うと、ＳＩＴ隊員の一人に重傷者が出たと報じた。

それを聞いて銭村の全身に震えが走った。

数秒後には、報道と示し合わせたように、背後に置かれた電話が鳴る。

「まさか――」

それから先のことは、よく覚えていなかった。

ただ、これだけのカメラが現場を捕える中、うやむやになったほんの一瞬のうちに犠牲になったのは、銭村の十歳年上の兄、芳一《よしかず》だった。

将来有望と期待された若きＳＩＴ隊員であり、また射撃の名手であり、銭村にとってはかけがえのないたった一人の兄だったのだ。

「嘘だ。嘘だろう！」

　銭村は、目を閉じたきり二度と開くことのない兄の姿を見ても、しばらく彼の死が信じられなかった。それほど銭村がたまたま目にした報道は、実際の事件をフィクションのように見せてしまう力があった。

「どうして、なんで――兄貴っっ！」

　生まれたときから自分を誰より溺愛してくれた兄を亡くした銭村は、このとき大学生になったばかりだった。

　いまだ将来の目標を定めきれていなかった彼に、志《こころざし》半ばで死んだ兄の無念さなど想像できるはずもなく、ただただ大きな喪失感に襲われた。

「なんでだよっ‼」

　次第に言葉にならない憤《いきどお》り、理不尽さばかりが自身の中に渦巻き始め、それは日増しに大きくなることはあっても、減少する兆《きざ》しはない。

〝犯人に対しての射殺許可は出ており、判断は現場に任されておりました。しかしながら、常に人命を重んじる彼は……。こんなことなら、射殺命令を出すべきだったと、悔やんでも悔やみきれません――〟

　事件の真相報道が派手になっても、またそんな事件があったことさえ忘れられてしまっても、銭村の中でだけは、兄と兄の死への思いが渦巻き続けていたのだ。

　そうして、それらの思いは銭村を一つの進路に導いた。

「なんだと、警察官になるだと⁉　駄目だ、絶対に許さん！」

「そうよ、芳幸。お願いだからやめて。芳一だって賛成なんかしないわよ。何もそんな後追いみたいなことしなくたって！」

「そんなことないよ。兄貴は賛成してくれる。喜んで頑張れって言ってくれるし、絶対に俺が守ってやるから、俺の分まで頼むなって言ってくれるよ。だって、それが俺の尊敬する兄貴でありSIT隊員・銭村芳一だ」

「芳幸……」

初めは猛反対をした両親を説き伏せ、兄の足跡を追うように同じ道を選んだ。

『そうだよ。俺には兄貴がついてる。絶対に空から見ててくれてる。頑張れよって、応援してくれる』

実際そこにたどり着くまでには、銭村自身にも葛藤があった。

どうしてよりにもよって芳一が、自分の愛する身内が犠牲にならなければいけなかったのか。

そこにあるのは現実的な悲しみだけではなく、その何倍もの疑問だ。決して職種や運だけで理解や納得ができることではなかった。

しかし、大小を問わず事件にかかわった被害者、加害者、またその家族は、きっと自分のような思いをしていることだろう。

それが理解できる者として、銭村はささやかでも何かがしたかった。

こんな自分だから力になれることがあるのではないかと考えついたのだ。

そうして芳一の死から五年———。

大学を卒業後、晴れて警察官となって一年が過ぎた銭村に、その後の運命を大きく変える事件が起こった。

「え？　東亜《とうあ》銀行でライフル持って立てこもり。それで犯人は？　一人？　人質は、ざっと見ても三十余名！」

秋の空を沈みゆく太陽が朱色に染める時刻。交番勤務をしていた銭村は、すぐさま事件現場に駆けつけた。

今の自分にできることは限られていた。野次馬を退け、犯人逮捕に向かう担当者たちを陰ながら応援するだけだ。

「ＳＩＴだ！　ＳＩＴが到着したぞ」

まるであの日、テレビで観たような光景が銭村の視界には広がっていた。

だが、上空に邪魔なヘリコプターは飛んでいなかった。テレビ局の取材にも規制がかけられているのだろうが、それだけでも銭村は救いだと思った。

あとは、タイミングだけだ。誰一人犠牲を出すことなく、犯人を逮捕すること。これが成功するか否かは、一秒の誤差でも結果を分ける。

よほどの事態でなければ、日本《にほん》の警察に射殺許可は下りない。人質を盾に、死に物狂いで向かってくるだろう犯人に対し、現場の警察官たちは常に生け捕りを要求されるのだ。

「動いた！」

人垣を作る野次馬から声が上がった。

ＳＩＴの中の数名が、表の様子を覗《のぞ》いた犯人に発砲したのは一瞬のことだ。

『え？』

何発かの銃声が同時に響いた。

狙いすましたように肩先を撃ち抜かれた犯人は、その場で倒れた。

歓声が上がると同時に、ＳＩＴ本体が銀行内へ突入する。

誰もが勇ましい彼らの背を目で追った。

しかし、銭村は違った。彼の意識と身体だけは、自分の背後であり、頭上へと向けられたのだ。

『あそこか！』

誰の目にも犯人を狙撃したのは、地上のＳＩＴのように映っていた。

むしろ、そう見せていたようにも思えるタイミングでの発砲だった。

だが、銭村は確かに自分の後方から撃たれたことを全身で察したのだ。

狙撃したのは向かい側のビルの屋上からだ。間違いないと確信していた。

『地上のＳＩＴは囮《おとり》だったのか？　だとしても、あんなところから、この人ごみを縫って犯人の肩を的確に狙撃って――――。それもあんな一瞬のうちにって、どんな凄腕《すごうで》だよ！』

事実を確かめたところで何がどうなるわけではなかったが、銭村は夢中で狙撃手のもとへ走っていた。

『もしかして、兄貴のことを知ってる人かな？　仲間だった人かな？』

今回の事件は、あまりに兄のときと重なっていた。

それ故《ゆえ》に、芳一のような犠牲者が出なかったことに、まずは歓喜の念が起こった。

まるで芳一を助けてもらったような気持ちになり、銭村は狙撃手に対して、たった一言でも「ありがとうございました」と伝えたくなったのだ。

『どうか、まだいてくれ――っ⁉』

逸《はや》る気持ちを抑えきれずに、銭村はビルの屋上へ駆けつけた。

すると、そこには確かに一人の男がいた。

『あれか』

しかし、彼は銭村が想像してきたようなＳＩＴ隊員ではなかった。

パッと見ただけでもわかる。まるで結婚式から抜け出してきた新郎か来賓のような華やかな装いだ。完全武装の狙撃手どころか、どう見ても一般人。それも、自分が誤ってドラマの撮影現場にでも踏み込んだのかと思わされる極上な二枚目だ。

『いや、違う？　誰だろう』

艶を放つ黒髪。彫りが深くて甘みのあるマスク。高い腰の位置はかなり日本人離れしているが、西洋人ではない。どこかの血が混ざっているのか、確かに東洋人だ。

そこに男がいるだけで、ビルの谷間に沈みゆくトワイライトが、まるで舞台のスポットライトのように見える。銭村にとっては初めての経験だ。

「ああ。それじゃあ、残りの金はいつものところに――と。あとでかけ直す」

男は携帯電話を片手に通話中だった。

足元には、狙撃に使用されただろうライフルが納められたギターケースが置かれていた。ビルの手すりには漆黒のジャケットがかけられていて、肘までまくり上げられた真っ白なシャツと漆黒のベスト、ズボンのコントラストが、そうでなくても色気のある男の魅力を倍増させている。

首に引っかけられただけのボウタイ。そしてシャツから覗く胸元に、どうしてか銭村は視線を奪われた。その男は、それほど雄々しさの中にも妖艶な美を兼ね備えていたのだ。

『三十代前半――いや、半ばかな』

ジッと見すぎたためか、さすがにジロリと睨《にら》まれた。

その目に捕えられたと同時に、銭村の背筋が凍りついた。

『と、なんだ、こいつ。ヤバい？』

理性よりも先に本能が警戒した。

「驚いたな。まさか俺に気づく奴がいるなんて。しかも、巡査か？　日本の警察も捨てたもんじゃないな。将来有望だ」

男は慌《あわ》てる様子もなく、通話を切った携帯電話をズボンのポケットにしまいながら近づいてきた。

撃たれた者が立てこもり犯でなければ、銭村も素直に「殺し屋か」と思うだろう。だが、男が撃ったのはＳＩＴに射撃許可が出ていた凶悪犯で、射殺はしていない。それどころか、犯人逮捕のために必要最低限の狙撃しかしていないから困惑を招く。

こいつは警察の敵じゃない。

しかし、私服刑事やＳＩＴだとも思えない。

銭村は目の前の男に、自分と同じ属性は感じなかった。

いろんな意味で初めて見る、感じるタイプの男だ。

「あんたはＳＩＴじゃないのか？　だとしたら誰に頼まれて犯人を撃った？　目的はなんだ。いったい何者なんだ」

銭村の歓喜と感謝の念はすぐさま驚愕に変わった。そして、驚愕は緊張と警戒に変わり、銭村は利き手を腰の拳銃ケースへ向けた。

警察官になってから、これに手を向けるのは初めてのことだった。それほど男がポケットから手を出した瞬間に、銭村は警戒を超えた危機感を覚えたのだ。

「さぁな。しいて言うなら、男好きってところかな」

男は銭村を見て笑った。

「は？」

豪華すぎる笑顔に気を取られた一瞬に、銭村は距離を詰められて目の前に立たれた。

殺《や》られる！　そう思ったと同時に、きつく抱きしめられて不覚にもドキリとした。

全身が震える。甘く、それでいて爽《さわ》やかな香りがふっと鼻孔を掠める。

いっそう胸が高鳴り、咄嗟に声が上がらない。

「特に勘のいい男が好きだ。性感がよさそうなのはもっと好みで、見たらすかさず手が出る」

囁きと共に尻を摑まれ、股間に股間を寄せられた。

「なっ！」

「こんなふうに」

さすがに悲鳴が上がるも、合わされた唇にすべて呑まれた。

『これってキス？』

出会いからわずか数分、銭村は衝撃続きで完全にパニックに陥った。

『何しやが…る…』

強引に歯列を割られて舌まで差し込まれたときには、無我夢中で暴れた。

何かを飲まされたと感じたときには、大した抵抗もできないまま睡魔に襲われ、意識が薄れた。

「ご馳走様でした」

わざとらしい言葉とチュッというキス音。それが耳に残った最後の記憶だった。


――何なんだ？　いったい何がどうしたら、こんなことになるんだ⁉

そんな疑問さえ起こらないほど、銭村はしばらく眠り続けた。

「ん……っ」

意識が戻ったときには、都会の空を朱色にしていた太陽の姿はなく、代わりに色とりどりのネオンが街を彩っていた。

「気がついたか？」

銭村が目を覚ますと、上質なスリーピースに身を包んだ男が、顔を覗き込んできた。

先ほどの漆黒の男とは違い、かなりクールでインテリジェントな印象があったが、この男もまた桁外《けたはず》れなハンサムだ。かけられた銀縁の眼鏡さえ、男にとっては彩《いろど》りだ。これで背筋が凍りつくかと思うような眼差しを向けられていなければ、もう少し生きた心地がする。

しかし、今度の男は先ほどの男以上に無表情で怖い。

「誰だ、お前は」

銭村は、咄嗟《とっさ》に身を引いて自身を庇《かば》うも、背中がつかえて逃げ場がなかった。

いつの間にかビルの屋上から車の助手席に運ばれ、寝かされていたようだ。

今度こそ殺されるかもしれないという危機感がピークに達した。

自然とまた、利き手が拳銃ケースに向かった。

「誰だ。いったい、なんなんだよ！」

慌てる銭村に、男が警察手帳を出してきた。

「警視庁公安課長の神保《じんぼ》だ」

「公安？」

「そうだ。今からお前が見ただろう男と狙撃の説明をするから心して聞け。そして、聞いたが最後だ。私がよしと言うまで、このことは他言無言だ。いいな」

銭村は、男の素性がわかって安心する間もなく、今度は警察手帳に記載された公安と警視正の文字を目にして身を硬くした。

『もしかして、もしかして、俺はとんでもないことに足を突っ込んだんだろうか？』

突っ込みたくて突っ込んだわけではなかったが、神保の口を塞ぐ手段など持ち合わせていない銭村には、彼からの説明を嫌々でも聞くしかなかった。

「――――特命諜報室で雇っているフリーのスナイパー？　それって、警察が殺し屋を雇っているってことですか？」

「いや。基本的に射殺の依頼はしない。だから我々にとって彼は殺し屋ではなくプロの狙撃手だ。上の判断を待っていては、現場の人間の被害ばかりが拡大する。今回のようなケースをメインに出動依頼をしていると思っていい」

聞いたが最後、必ず墓場まで持っていけと言われたような組織内の極秘事項を。

「コードネームはＤｏｇ《ドッグ》。忠実にして確実な仕事をしてくれる我々のベストパートナーだ」

あの男の存在、狙撃手の正体を――――。

1

あまりに鮮烈かつ強烈だったとしか言いようがないが、銭村はＤｏｇとの出会い以来、彼が要請されるような凶悪犯罪が起こらないことばかりを願っていた。

その一方で〝もう一度彼と会ってみたい〟とも感じていた。

Ｄｏｇがあのとき何を考えていたのかはわからない。だが、銭村はどうしても文句の一つや二つは言いたかったのだ。

いくらあの場をごまかして逃げるにしたって、他にもやり方はあるだろう。何もあんなやり方をしなくたって！　と。

しかし、その後彼は一度として姿を見せることがなかった。

Ｄｏｇとの連絡係である神保が言うには、

「彼はああ見えて世界中に雇い主を持っているし、タイミング次第では依頼したところで断られることも多い。今は地球の裏側だ。間に合わないから自力でどうにかしろってね」

――ということらしいが、だったらそんな契約は無駄だろうと銭村は首を傾げた。

そもそも事件は、スケジュールどおりに起こるものではない。

必要時に傍にいない、すぐに手を借りられないなんて、意味がないと思うからだ。

そうかといって、彼の腕を必要とするレベルの事件が起こる確率だけを考えるなら、日本よりも海外のほうが高い。基本的に銃刀所持に対して規制が厳しい、一般的には銃を持たないことが当たり前の日本では、犯人を狙撃するような事態に追い込まれる事件そのものが希少だ。その分知的犯罪は増える一方だが、この手のことにＤｏｇは不要なのだ。

そう考えれば、彼のプライベート拠点がどこにあるのかは謎だが、銭村はＤｏｇが「日本では失業だ」と言うぐらいが望ましいと思った。

いっそ「ここには仕事がない」と言わせることこそが、警察官の仕事だ。自分の為《な》すべきことだと決めて日夜公務に励んだ。

そうして日々奮闘するうちに、瞬く間に二年が過ぎていった。

兄の芳一が殉職してから七年が経ち、銭村も二十六歳の晩秋を迎えていた。

「さてと。そろそろ引き上げるか、銭村」

「はい、西本《にしもと》先輩」

銭村は巡査部長へと昇進し、勤務地も派出所から新宿《しんじゆく》署、そして警視庁組織犯罪対策部へと異動していた。

担当は主に銀座《ぎんざ》界隈《かいわい》に縄張りを持ち、事務所を構える広域指定暴力団だ。新宿ほど無数に、かつ複雑に組織が入り乱れているわけではないが、ここは東京の一等地。国内きっての一等地というだけあって、いろんな意味で激戦区だ。それは表社会も裏社会も変わりない。

そのため、銭村は特に事件がなくても、率先して担当地域を見て回ることが多かった。

できる限り事件は未然に防ぐ。西本共々それをモットーにしていたからだ。

「腹減ったたな。時間も時間だし、夕飯食ってから戻るか。近くに旨《うま》い回転寿司屋があるんだが、そこでいいか。おごってやるぞ」

「ありがとうございます！　お任せします。本当にいつもすみません」

「なに、将来有望なルーキーだからな。大事にしてやらねぇと」

大卒とはいえ、ノンキャリアとしてはかなり好調な滑り出しでの本庁異動だった。

銭村への周囲の期待は大きく、常に飛躍を求められている。

ただ、それが嬉しいよりも「おいおい。勘弁してくれよ」というのが、実は銭村の本心だ。なぜなら周りが銭村を押し進める理由の大半がこれだからだ。

「それにしたってあと何年だ？　早く警部まで昇進しろよ。俺、今からすっげー楽しみにしてんだからよ。お前のこと〝銭形《ぜにがた》警部〟って呼ぶの」

そう。決して「死んだ兄の分まで頑張れ。応援するから」ではないのだ。

『またこの話かよ』

同部署の先輩である西本警部補は、銭村を寿司屋の席に誘導しながら、ウキウキだった。

銀座から新宿界隈を縄張りとする関東極道たちと渡り合って早十五年。部内はおろか極道幹部からも猛者《もさ》として知られている西本だが、よほどこのネタが好きなのだろう。銭村の名字に触れるときだけは大はしゃぎだ。悪役専門の役者かと思うような厳つい顔さえ、威厳を失くす瞬間だ。

「ですから俺は、銭村です」

「そんな固いこと言うなって。相手は国民的警察官じゃねぇか。今の若手は誰もがお前になりたがってるんだぞ。刑事部の青嶋《あおしま》さんなんて、ドラマが始まったときにはすでに警部補だったからな。ガチで悔しがったって話だ」

緊張感も何もあったものではない。

ニュースにしてもアニメやドラマにしても、メディアの影響力は偉大だ。

銭村は、芳一から一度として「こんなからかわれ方をした」なんて話は聞いたことがなかっただけに、最初はかなり驚いた。今では日常会話の一つとして慣れたが、それにしたって話題は他にもあるだろうと言いたくなる。

もっとも銭村も、今は目の前を流れていく寿司のほうが大切なので、余計なことは言わない。せっかく板さんの前に座らせてもらったことだし、目と手では寿司ネタを追い、口ではいつものように返事をするだけだ。

「青嶋さんみたいに、自分が先に警察官をやっていて、なおかつ漢字違いならまだわかります。けど、俺はあとから出てきた身で、その上名字そのものも違います。百万回でも言いますが、仮にゆくゆく警部になれたとしても、決して銭形ではないですからね」

「じゃあ、悪党に五円玉をピシッと投げてみる」

「投げませんよ。そんな罰当たりな。それに平次《へいじ》さんだって銭形であって、銭村ではないですからね」

「つまんねーなー。それぐらいの愉しみがあってもいいじゃねぇか。こっちは日々過酷な労働してんだからよぉ」

「先輩の愉しみのために大切なお金は投げません。名字も変えません。俺が追うのはヤクザであって、世界的な泥棒でもありませんから」

西本は、その後も「好きなものを食え。遠慮はいらない」と気前よくふるまってくれたが、代わりに銭村をネタにしてはしゃぎ続けた。

立ち食い蕎麦《そば》並みの短時間でお腹を満たすと、銭村はお決まりの台詞《せりふ》を口にした。

最近では、この言葉がオチになりつつあるほどだった。

「なら、警部になる頃にはインターポールに出向できるように、他の連中と後押しの相談をしておくか」

「ご馳走様でした。お言葉に甘えて特選マグロの大トロとか食べちゃいましたけど」

「えっ、金の皿の山。お前、いつの間に！」

「さ、先輩。出たら残り駅まで、しっかり見回りしましょうね」

見返りは貰ったので、こういうときだけは名字ネタに感謝だ。

思いがけない出費に肩を落とす西本に反して銭村はへへっと笑う。こういうちゃっかりしたところは、子供の頃から変わらない。自然と年上に愛される弟気質だ。

銭村は、兄の形見で、最後のプレゼントとなった薄手のトレンチコートをスーツのジャケット代わりに羽織り、一足先に店を出た。

その瞬間、担当組織の組長一行とばったり鉢合う。

『龍ケ崎《りゅうがさき》！』

すると、行き当たりばったりにしてはできすぎていたが、銭村は担当組織の組長一行と鉢合った。

「よう、銭形じゃないか。もう警部補ぐらいにはなったのか」

いやでも浮かれ気分が引き締まる。西本同様、愉快そうに声をかけてきたのは、すっかり日が落ち始めた銀座の街に立っても一際《ひときわ》映《は》える艶《つや》やかな男だった。

美丈夫な姿態に極上なスーツを纏い、磨き抜かれた革靴を履いている。

一見これから出勤する売れっ子ホストかと思わせる端整なマスクの持ち主だが、彼はこの界隈を縄張りに持つ組織の中でも、一、二を争う関東連合四神会系《かんとうれんごうししんかい》龍仁会《りゅうじんかい》四代目組長・龍ヶ崎義純《よしずみ》だ。男盛りの三十代後半、一組織の組長としてはかなり若いほうだが、すでに関東極道の中では頭角を現している存在だ。

しかも、いい男の傍には自然といい男が集うのだろうが、龍ヶ崎の隣で「ぷっ」と噴き出したのは龍仁会ナンバーツーであり、龍ヶ崎の伴侶でもある真木洋平《まきようへい》だった。年の頃は三十前後だが、美麗でスレンダーな二枚目だ。漆黒のスーツがよく映える。

また、重鎮でありナンバースリーでもある初老の側近・柳沢《やなぎさわ》や若い衆の姿勢や面構えもよく、不思議と彼らには極道らしからぬ品格さえ感じられた。こうして面と向かって立っていると、あとから店を出てきた西本のほうがよほど気合いの入った極道に見える。

何も知らない通りすがりの者からは、銭村のほうが西本に言われて絡んでいるのかと勘違いされてしまうほどだ。

「俺は銭村で、まだ巡査部長だ」

銭村は、自分より背の高い龍ヶ崎を見上げて目を合わせた。

「早く警部になれよ。つまんねーな」

「なら、俺が面白くなったら龍仁会を解散するのか。そしたら必死に勉強して警部まで超特急で昇進して、その足で家庭裁判所に氏変更許可申立書を提出してやるぞ」

「くっ。お前は本当に面白れぇな。毎回期待を裏切らないというか。これだけでも、足を止めて声をかけた甲斐があったってもんだ。ありがとさん」

思いがけない切り返しに満足したのか、龍ヶ崎が笑って手を振った。

視線だけで「行くぞ」と舎弟たちに合図し、機嫌よく立ち去ろうとする。

「待て、龍ヶ崎！」

銭村は反射的に龍ヶ崎を追った。

「俺は本気だ。アンダーグラウンドの組織が堂々と看板かかげて商売してる国なんて日本だけだ。世界に対して恥ずかしいと思わないのかよ、同じ日本人として」

彼の前に出ると、きっぱり言いきった。

「いい加減にしろよ、この新米が」

「よせ」

これには真木が前へ出たが、それを止めたのは龍ヶ崎本人だった。

龍ヶ崎は、自分のほうから銭村に顔を近づけると、真顔で返す。

「この際だから教えておいてやるよ。俺は生まれながらの極道だ。悪いことは悪いって、ちゃん

とわかっててやってる真正のヤクザだ。だが、一度として黒を白だと言ったことはない。法廷に立っても言い逃れはしたことがない。そういう厚顔無恥な真似だけはしたことないからな、誇ることはあっても恥じることなんかあるわけないだろう。だから堂々と看板出して商売してんだよ」

開き直るなと言えたらいいのに、銭村は「うっ」と言葉を詰まらせた。耳が痛かったのだ。

耳が痛かった。銭村もこの年になれば、龍ヶ崎の言う厚顔無恥な人間とかなり出くわした。職業柄とはいえ、笑って黒を白だと言い張る輩《やから》には毎日出会っている。

だからといって、ここで同意や納得するわけにはいかない。銭村は決して龍ヶ崎から目を逸《そ》らさなかった。

「それに、俺たちみたいなのがいるから、お前らだって感謝されるんだろう。日和見《ひよりみ》な一般市民からさ」

「感謝なんかされなくたっていい。世の中から悪が消えるならな」

「それを叶えるなら、人類滅亡が一番手っ取り早い。きっと人類以外の生物はみんな思ってる。お前らがサルだった頃が一番地球は平和だったって」

「くっ」

そうして今日も、龍ヶ崎にやり込められた。

真木たちが聞いたところで「そんなのただの言いがかりだろう」と思うのに、銭村だけは違うようだ。妙に真に受けて黙ってしまった。

だからだろうか、かえって困ったような顔で龍ヶ崎が付け加えたのは――――。

「じゃあな。あ、ついでだから忠告しておいてやる。そういう妥協の利かない正義感を向ける相手だけは間違えるなよ。警部になる前に消されかねないからな」

これには傍で聞いていた西本のほうが苦笑した。

龍ヶ崎たちが立ち去ると、その強面《こわもて》には不似合いな溜息まで漏らした。

「くっそおっ、馬鹿にしやがって。話を地球規模に持っていけばごまかせると思うなよ！　この極道がっ」

「けど、なんだかんだ言ってお前には甘いよな、龍ヶ崎は。この前も行きがかりとはいえ犯人逮捕に協力してくれたし、今の忠告だって適切だ。嫌がらせ込みだろうが、否定できねぇのがキツイ」

西本は銭村の肩をポンと叩くと、俺たちも行くぞと合図する。

足早に移動し、最寄りの地下鉄駅への階段を下りていく。

「先輩！」

「ヤクザにまで愛される名字って得だな、銭形。こうなったらお前、間違っても警部以上は出世するなよ。ご利益がなくなるからな」

銭村は小走りで西本を追いかけ、一緒に駅のホームへ立った。ちょうど電車が入ってきたためか、帰宅時間が重なった会社員たちが階段を駆け下りてくる。

「だから俺は銭……っ！」

突然背中を押されて、銭村の身体が電車の前に飛び出した。

「銭村っ！」

叫ぶと同時に西本が右手を伸ばして、銭村の左腕をガッチリと摑んだ。

力任せに引き戻したためか、銭村の身体ごとホームに横転する。

「きゃ――――っ!!」

ドスッと、足元に倒れ込まれた女性が悲鳴を上げると周囲がざわめき立つ。

完全に最後尾までホームに入った電車が止まると、駅員が血相を変えて駆けつけた。

二人の転倒までの流れを目の当たりにした者たちが、口々に「大丈夫か」「怪我はないか」と声を上げて手を差し伸べる。

「痛っ」

「…大丈夫か、銭村」

「はいっ…。どうにか」

ホームに打ちつけるように倒れた身体を起こして座ると、二人は目を合わせて互いの無事を確認し合った。

あたりには、すでに下車した人間が加わり騒然としている。

「どうしたんだ」

「若い男がホームに落ちかけたのを、隣にいた男が助けたんだ」

「いや、今のは突き飛ばされたんじゃないのか?」

「とにかく無事でよかった。びっくりしたな」

駅員によって二人が無事だとわかれば、地下鉄はダイヤを遅らせることなく、乗客と共に去っていく。

座り込んだままの西本と銭村の周りを囲うように残っているのは、事態を見届けようという者たちだけだ。

「お前、さっきの龍ヶ崎の話じゃないが、俺に黙ってヤバい事件《ヤマ》に足を突っ込んでるなんてことないだろうな」

西本が立ちながら小声で聞いてきた。

「知りません。全然覚えがないですよ」

「けど、先週はビルから廃材が落ちてきて、一昨日は車道に押し出されたって言ったよな。さすがに三度目となったら、偶然じゃ通らねぇぞ。しかも俺たちの商売じゃ、いつ恨みを買っていても不思議がない。特にお前みたいに検挙率のいい奴はな」

動揺する銭村に反し、西本の目が完全に据わっている。

「そんな……。検挙って言っても、下着泥棒とか、引ったくりとかしか覚えがないし」

「他人の恨みを自分の尺で測るのは危険だぞ。とにかく、これまでのことに関しては刑事部の連中に相談したほうが賢明だ。目撃者に聞き込みしてから帰るぞ」

「…はい…」

その後銭村は、その場に立ち尽くしていた乗客たちから、目撃証言を集めることにした。

帰宅時間が重なるラッシュ時。話を聞くことができた者たちを見渡しただけでも、一瞬では区別をつけがたい中肉中背、スーツ姿のサラリーマンだ。

銭村の背を押して逃げた男も、これといって特徴のないサラリーマン風。それも誰一人顔を見ていない。記憶していたのは猛然と走り去った後ろ姿だけだ。

それを確認すると、西本は苦い顔をした。

——こりゃ、思ったより難儀だな、と。


その場で集められる限りの情報、そして目撃者たちの連絡先などを聴取すると、銭村は桜田門《さくらだもん》にある本庁に戻って刑事部の捜査一課を訪ねた。

「城崎《きざき》」

「よう、西本。銭村も一緒か。どうしたんだ」

ここには西本と親しいだけではなく、過去に芳一と仕事をしていた経験もある同期の警部・城崎がいた。相談するなら奴に限ると西本が選んだのだ。

「さすがに三度はシャレにならないな」

銭村は事件の被害者同様、最近の様子を事細かく聞かれた。

だが、これといって普段と変わったことをした覚えがないだけに、返事をするも一辺倒《いっぺんとう》だ。

これには城崎も西本同様苦い顔をした。署内一爽やかな笑顔の警察官と呼ばれるまま年を重ねてきたが、今夜ばかりは眉間に皺が寄った。

「こうなったら、一度銭村が関与してきた事件や関係者を洗いざらい確認するしかないか」

「時間は取れるのか」

「課長を巻き込んで都合をつける。なに、芳一の弟の一大事だって言えば、それで通るよ」

気を取り直した城崎が、銭村の頭を撫でながら笑う。

もともと人付き合いが多く面倒見もよかった芳一だが、こうしてみると銭村に残していった人脈は大きい。同じ組織に入ったからこそわかる兄の存在感や友人・知人に触れ、銭村はますますやる気が湧いてくる。

しかし、今日のところは終業だ。あとは城崎に任せようと落ち着いたところで、ようやく帰宅準備だ。

「気をつけて帰れよ。俺はまだやることがあるから、送ってやれないが」

「大丈夫ですよ、西本先輩。お気遣いありがとうございます。お疲れ様でした」

帰宅前にトイレだけと寄った頃には、軽く夜の十時を回っていた。

用を足して手洗い場に立ったところで「おい」と声をかけられ、銭村の全身が強張った。

「どうやら怪我はないようだな。聞いたぞ、ホームで突き飛ばされたって？　悪質な殺人未遂だな」

「神保警視正」

鏡越しに目が合い、銭村は何か緊張が解けた気になった。出合い頭《がしら》では誰より自分を緊張させた男のはずが、いつの間にか安心できる存在に変わっている。

「本当に思い当たる節はないのか。実は大捕り物でも狙って、勝手な捜査をしてるんじゃないだろうな」

銭村が神保の顔を見るのはひと月ぶりだった。

そうでなくとも管轄が違う上に、階級も違う。同じ警視庁の中にいても、どちらかが意図して近づかない限り、こうした会話を交わすこともない。

それだけに、自分のもとまで足を運んできてくれたことが嬉しかった。

銭村の顔に思わず笑みが浮かぶ。

「そんな伝《つて》もノウハウも俺にはありませんよ。第一これまでの検挙だって、偶然とか行き当たりばったりとかですし。一番の大物だって、たまたま逃走中の殺人犯が聞き込み中だった俺にぶつかってきて、一緒にいたヤクザな連中にボコボコにされただけですよ。あれ、どう考えたって龍仁会のヤクザに感謝状を出す展開であって、俺の手柄じゃないですよ」

誰も彼もが似たようなことを聞くので、銭村はとうとう声に出して笑ってしまった。実際どんな仕事がヤバいのか、全然ピンとこないからだ。

「運も実力のうちだよ。運のない奴なら、そこで殺されていたかもしれない。あのときの逃走犯は拳銃を所持していたし、普通ならヤクザが担当刑事を助けてくれることもない――

……！」

神保もつられたように微笑した。

しかし、何を捕えたのか一瞬にして目つきが変わった。口調はまったく変えなかったが、口元に指を立てて「静かに」と合図する。

「本当、得な名字だよな。こんな新米のうちから組長連中に名前と顔を覚えられるなんて、まずないぞ。お前がどこを歩いていても下手なチンピラに絡まれないのは、間違いなくその名字の恩恵だ。せいぜい感謝しておけよ。シャレのわかる大物たちに」

神保はポケットからハンカチを取り出して、銭村の襟元に手を伸ばしてきた。

何かと思い黙って見ていると、コートの下襟《ラペル》の裏を探った神保のハンカチの中に、直径にして三センチ程度の薄型盗聴器が現れた。

両目を見開く銭村に、神保が更に「話を合わせろ」と目で合図する。

「――――と、ごめん！　コーヒーが」

「っ、何してるんですか。あーあー、すぐに洗わなかったら落ちないじゃないですか」

しどろもどろながらも銭村が話を合わせると、神保はハンカチの中に握り締めたそれを持ち、刑事部に走った。

ハンカチに包んだままのそれを城崎に預けてから、あとを追いかけてきた銭村の腕を掴んで、再び人目を避けるようにしてトイレに連れ込んだ。

「お前、本当に何もしてないんだろうな」

「してませんよっ。何度も言いますけど、そんなスキル、俺にはありません」

さすがにこれには銭村も青ざめ、全身に鳥肌が立った。

ホームで突き飛ばされたこと以上に、ここで見つけられた盗聴器には薄気味悪さを感じたのだ。

「例のことは？　うっかり誰かに口走ったとか」

「絶対にありません」

どんなに記憶を巡らせても、銭村には本当に思い当たる節がなかった。

自分に「まさかあれか」と言えるものがあるなら、むしろここまで気味が悪いとは感じないだろう。

だが、まったくわからないのに殺意を向けられ、盗聴器まで仕掛けられているから始末に悪い。目には見えない誰かに脅威さえ感じてしまい、銭村の目が神保に向かって「どうしよう」と訴える。

「とにかく、あれに関しては鑑識に回してもらうように手配する。捜査はこっちでするから、お前は普段どおりにしておけ。いいな、伝もノウハウもスキルもない奴が間違っても勝手な判断で行動は起こすなよ」

神保は銭村に釘を刺すだけだった。

しかし、大した慰めにもならないがと前置いてから、銭村の腕をポンと叩いてくる。

「なに、ここにはお前の味方が山ほどいる。たとえお前が知らない相手でも、銭村芳一の弟ってだけで、力になってくれる連中は各部にいるから心配はない」

実は神保が芳一と同期だったことを知ったのは、銭村が本庁に来てからだった。

一度として「二人の仲がよかった」と聞いたことはないし、逆に「ことあるごとにぶつかっていた」「水と油だった」「不仲だったと思う」という話しか耳にしたこともない。

だが、それでも銭村は神保が芳一の存在を知る者、職場で多少でもやりとりがあった者だったとわかった途端に、それまでにはなかった親近感を覚えた。

何度会っても恐ろしい、緊張しか覚えなかった相手だったのに、今ではこんな甘えたことまで聞けるようになっていた。

「それは神保警視正もですか」

「私は対象外だ。Ｄｏｇから連絡を受けて、お前を引き取りに行ったのが運の尽きだ。おかげでこんな子守までする羽目になって――」

神保の返事は相変わらずだった。

先ほどのように、自分から気を遣ってくれることはあっても、こうした問いかけにはそっけない。決して快い返事はしてくれないが、それでも銭村には十分だった。

神保がふんっと顔を逸らしてトイレから出ていくと、銭村はその後ろ姿を見送りながら微笑んだ。

「子守ね」

言葉は悪いが、神保が自分を守ろうとしてくれていることがわかるだけに、銭村は気持ちを引き締め直す。

「本当、迷惑かけないように気をつけなきゃな」

こうなったら、不気味だとか薄気味悪いだとか言ってはいられない。

自分の身は自分で守らなければ、警察官としての面目も何もあったものではない。

「さてと、帰ろう」

銭村は、これまでになく警戒心を高めると、その場をあとにして家路についた。

異動を機に始めた一人暮らしの賃貸マンションへ戻り、まずは他に盗聴器や発信機が仕込まれたものがないかを徹底的に調べた。

＊＊＊

翌日、銭村は朝から緊張してアパートを出た。

部屋に他人が出入りした形跡はなく、盗聴器の類《たぐい》も昨夜見つかった一点のみだった。とすれば、昨日接触した誰かにつけられたと考えるのが正しいが、そもそも警察手帳を内ポケットに入れているコートを、肌寒くなり始めた季節に脱ぐことはない。着用した状態で誰かが下襟に忍ばせることを考えたら、駅のホームで目撃者や野次馬に囲まれたあのときぐらいだ。

――大丈夫か？

何人もの人間が心配そうに声をかけ、そして倒れた銭村や西本を起こそうとしてくれた。

だが、仮にあのとき仕掛けられたとして、目的はなんだろうか？

殺そうとした銭村が無事だったために、次はどこで狙うか、それを検討するための情報収集だろうか？

だとすれば、少なくとも銭村を殺そうとした相手は単独犯ではなく複数犯だ。

しかも、性能がいいとはいえ昨夜発見されたタイプの盗聴器は、オンにしてから三十時間程度が限界の電池タイプだ。あの時間から仕掛けたとして、フルで盗聴に成功しても翌日いっぱいが限界だ。これは、何が何でも今日、明日中には始末してやるという殺意の現れなのだろうか？

そうまでして自分の命を狙うのは、どうしてなのか？

銭村は、何度も自問自答した。

「わかんねぇなぁ。まさか、こいつだけは絶対に警部になる前に殺してやるとか、そういう西本先輩とは真逆な人間が、おかしな殺意を抱いてるとしか思えない。それとも知らない間に俺に惚れた子とかいて、勝手に嫉妬されてる？　彼女もいないのに恋の逆恨み？　えーっ」

何をどう考えても、真剣に捜査を申し出てくれた刑事や神保が聞いたら、張り倒してきそうな理由しか浮かばなかった。

銭村は悩むままデスクワークで一日が終わってしまう。

この状況で何かが起こることはなかったが、その分外回りができずに反省する。

外はもう日が沈み始めている。晩秋の一日は本当に早い。

「あ、銭村。今日は無事だったみたいだね」

「由利《ゆり》警部」

声をかけてきたのはマリリン・モンロー張りのボディーをタイトミニのスーツで彩り、世の男たちに一度は「踏まれてみたい」と言われていそうなハイヒールで、全力疾走どころか三段跳び蹴りまでこなすと噂の美人警部・組織犯罪対策部の鬼百合《おにゆり》とあだ名される由利華奈子《かなこ》だった。

年の頃は三十半ばを過ぎているが、その艶やかで勝気そうな美貌は他を圧倒するものがある。

すでに極道相手に十年は奮闘しているだけあり、下手をすればどこぞの組の姐《あね》さんと間違えられる貫録は西本以上だ。

銭村も声を聞いただけで反射的に背筋が伸びる。

「はいっ。おかげさまで」

ちょっと声が裏返った銭村に、由利は赤い唇の角をクイと上げて、ふふっと笑った。

「なら、よかった。それより交通部の広末課長からいい知らせだよ。あんたがこの前遭遇した轢《ひ》き逃げの被害者。なんて言ったっけ、大学生の男の子。いい感じに回復してきたらしい。もう少ししたら、ちゃんと事情聴取もできるんじゃないかって」

「本当ですか。よかった」

「適切な応急処置が明暗を分けたみたいだね。本当、あんたの〝犬も歩けば事件に当たる〟的な天分は、いいのか悪いのか微妙だよ。今のところ悪い結果は出してないから、ありってことなんだろうけどさ」

「これで逃げた車のナンバーや運転手の顔まで完璧に覚えていたら……ですよね。完全にすれ違って、車を真正面から見たはずなのにな――」

「それは言っても始まらない。徹夜明けの帰宅途中でコンタクトを外してたんじゃ、どうしようもない。薄ぼんやりとでも、それらしいナンバーを見ていただけで、交通部は助かったって言ってたし。何より被害者が生きている。快方に向かっているんだから、それに越したお手柄はないって」

「由利警部」

「目撃者はあんただけじゃないし、ネズミ取りの記録確認も徐々に事故現場周辺から拡大してるって話だから、必ず犯人の手掛かりは見つかるよ。いや、見つけ出すよ。広末課長も自ら陣頭指揮に立ってるぐらいだしね」

「――――はい」

普段から、甘く優しい言葉はまず発しない由利だが、その分こうしてフォローしてもらえると安堵《あんど》した。

特にこの轢き逃げ事件に関しては、犯人特定の役に立てず、かなり後悔していた。あれ以来、寝るとき以外はコンタクトも外さなくなったほどだ。

それだけに、由利から貰った「お手柄」の一言には救われた。

だが、銭村がホッとしたのもつかの間、突然部屋の扉が乱暴に開かれた。

「由利警部！　ちょっと」

いつになく慌てて駆け込んできたのは西本だった。

手には届いたばかりのファックスが握られていた。

デスクの上に広げて、三人で見る。すると、そこにあったのは新聞の切り抜きを使って組み合わされたオーソドックスな手法の一文だ。

「一週間以内に龍仁会組長を殺す？　これって、龍ヶ崎の殺人予告!?」

「どういうことだい。わざわざ警察に予告を出してくるなんて」

顔を見合わせながら、由利が柳眉をひそめた。

「悪戯でしょうかね。本気ならこんなものよこす前に、ズドンですよね」

「仲間割れってこともあるかもしれませんよ。その、狙っている側の」

龍ヶ崎とは昨夜会ったばかりだけに、銭村も胸騒ぎが起こって止まらない。

「とにかく確認だけは取らないと。たとえ相手がヤクザであっても、見て見ぬふりはできないからね」

「なら、俺が行きます」

銭村はすぐに声を上げた。

「今はあんたのほうが危なっかしいだろう」

「それとこれとは別ですよ。それに、俺のことは刑事部の優秀な刑事さんたちに任せておけば大丈夫です」

「そう。なら、ちょっと頼むよ。あたしはまだ別件で用があるから。西本!」

「もちろん、一緒に行きます」

その場で即決すると、まずは銭村と西本で龍仁会に出向くことにした。


桜田門から銀座にある龍仁会の事務所に出向くも、今夜は空振りだった。

龍ヶ崎はすでに帰宅したと聞き、二人はその足で組長宅へ移動した。

先に事務所から「これから行く」と伝えてもらったためか、銭村たちは到着すると丁重に迎えられた。一度は予想していた門前払いをされることもなく、広々とした日本家屋の応接間へ組員たちによって案内される。

母屋は玄関から応接間を見るだけでも、腕のいい職人の手によって丁寧に造られた家であることがわかるものだった。床の間には龍仁会の代紋でもある昇り龍の掛軸がかかり、生花も飾られていた。

しかし、銭村たちがそれらをゆっくり鑑賞する間もなく、龍ヶ崎は現れた。家着用の着物に身を包んだ龍ヶ崎は、スーツとはまた違った色香や迫力を放って、銭村たちを圧倒する。

「ほう。これが警察にね。意味がわからねぇな」

銭村が漆塗《うるし》りの大きな座卓の中央にファックスを出すと、それを見た龍ヶ崎が両隣にいる柳沢と真木に「どう取る?」と意見を求めた。

「新手のパフォーマンスでしょうか?」

「それならたれ込みに託《かこつ》けて、うちに警察を入れよう、別件逮捕でもさせようって考えるほうがしっくりくるって。実際こんなところまでドカドカと踏み込まれてきたわけだし。これだって実は警察の自作自演の可能性だってあるだろう」

失笑交じりで、思いつくまま話す二人。

だが、西本の目は彼らを鋭く観察していた。

「そんな暇、あるわけねぇだろう。それよりその右手首はどうした? 昨日は五体満足だったよな、柳沢」

「これはちょっとぶつけただけですよ」

「嘘をつくな。もう襲われたあとってことだろう」

図星を刺されたのか、一瞬柳沢がバツの悪そうな顔をした。

座卓を挟んでいた西本が身を乗り出し、強引に柳沢の腕を摑むとスーツの袖を肘まで上げた。

「なっ！」

包帯を取ると、その下からは真新しい傷が現れる。掠ったような火傷《やけど》にも似た弾傷の跡だ。

「発砲されたのか。もう、しまっていいぞ」

「勝手な」

銭村は、すでに予告された一週間が始まっていたのかと、ファックスを見つめ直した。

『なんだろう、これは。失敗したのに警察に予告？　それとも失敗したから予告なのか？』

龍ヶ崎の命を狙う者たちの現状を想像するも、すぐには浮かばない。

仮に自分が警察にこの殺人予告を出すとしたら、どんな立場であり、どんな理由だろうか？

銭村は、想像すればするほど犯人像のイメージが凶悪なものから離れていった。

「とにかく、すでに襲われた事実があるなら、しばらく警護させてもらうぞ。予告は一週間だ。まずはそこが目処《めど》だな」

「馬鹿言えよ。こんなのうちでは日常茶飯事だ。誰がわざわざ警察に…。だいたいお前ら、血税貰って働いてることを忘れんなよ。ヤクザを守るなんて一般市民を敵に回すだけだぞ」

すでに襲われたあとだというのに、龍ヶ崎は悠長なものだった。

柳沢にしても真木にしても、本当に慣れているのがわかる。実際彼らにとっては、よくあることなのだろう。場合によっては、すでにどこの誰から差し向けられた刺客なのかわかっているのかもしれない。または、まだ不明だとしても襲われた直後には調べさせているだろう。

いくら龍ヶ崎が無傷とはいえ、実際に幹部の柳沢が負傷している。これで報復に動かない極道はいない。それぐらいなら銭村たちにだってわかることだ。

ただ、だからこそ銭村の中に一つの仮説が浮かび上がり、それが龍ヶ崎の警護への意欲に繋がった。

「いや、これが一般市民の仕業じゃないって確証はどこにもない。俺たちがお前を守るのは、相手にこれ以上の罪を重ねさせないためだ。別にお前だけを守ろうってことじゃない。だから、警護はする！」

この計画には、そもそも極道とは疎遠な者が交ざってるのではないか？

それも意に染まない殺人計画に引き込まれ、逃げたくても逃げられずにもがいている。そこを警察に知ってほしいがためのSOSなら、この間のずれた予告状も理解の範囲だ。あえて一週間と告げてきたのも、何か意味があってのことだろう。

龍ヶ崎には失礼な言い方になってしまったが、銭村らしい発想であり発言だった。

しかし、それでも龍ヶ崎の態度は変わらない。両腕を組んだまま、知らん顔だ。

「だったら尚更不要だよ。俺にはこいつらがいるし、お節介な知り合いからはプロのエスコートを押しつけられた」

「プロのエスコート？」

龍ヶ崎が「おい」と呼ぶと、雪見障子で仕切られていた廊下から、一人の男が現れた。

『あれ――――Ｄｏｇ⁉』

二年ぶり、それも二度目の対面だが、見間違うはずがなかった。

漆黒のスーツに身を包んで現れたエスコートは、確かに特命課報室と密約のある男・Ｄｏｇだ。

相手も銭村を見下ろすと、不敵な笑みを浮かべてきた。クイと上がった口角がまるで「久しぶり」と言ったように見える。

「は？　どう見てもエスコートっていうよりはマフィアなお友達にしか見えねぇけどな」

口では茶化した西本だが、Ｄｏｇを見た瞬時に臨戦態勢に入っていた。

これは彼の本能だろう。こいつはヤバいと理性よりも身体が先に反応しているのだ。

同じ経験があるだけに、銭村にはそれがよくわかった。

「どうとでも言え。俺は雇い主に言われたことをやるだけだ。今はこいつを死守しろと言われた。だからそうするまでだ」

「本当か？　実はこんな奴を雇い、自分を囮にしてまで、何かデカい仕掛けをしてんじゃねぇのか、龍ヶ崎」

西本はいつになく目をギラギラとさせて、龍ヶ崎に話を戻した。

どうやら龍ヶ崎がＤｏｇを使って何かを企んでいると踏んだようだ。

「相手は誰だ？　狙っているのはどこの組織のもんだ、ん？」

西本は西本で、どうやら龍ヶ崎がＤｏｇを使って何かを企んでいると踏んだようだ。

大きな手でテーブルをバンと叩くと、龍ヶ崎を威嚇しにかかる。

「いい加減にしろ、西本！　組長に汚ねぇ面近づけてんじゃねぇ」

「テメェこそ誰にもの言ってるんだ、柳沢。公務執行妨害でパクるぞ」

「よせって！　うるせぇぞ」

「しかし、組長」

さすがにこれには柳沢も黙っていなかったが、当の龍ヶ崎は西本と絡む気はゼロだった。

あからさまに面倒くさそうな顔をし、真木に手を出し煙草を求める。

すると、それを見ていたＤｏｇが「龍ヶ崎」と声をかけた。

「あん？」

傍へ寄るＤｏｇに何かを耳打ちされた。

すると龍ヶ崎は「ほう」と納得。その後はニヤリと笑って、火を点けた煙草の先を銭村に向けてくる。

「銭形。お前だけならしばらくチョロチョロしても許してやらないことはない。一人でも公務が執行できるなら、予告された期間――――傍にいてもいいぞ」

これはＤｏｇなりに、銭村へ気を遣ったのだろうか？

それとも龍ヶ崎側に立っての入れ知恵なのか？

何にしても、銭村はいきなり指名されて、不覚にもドキリとした。

まったく仕事とは関係ないが、こんなフェロモン垂れ流しの男二人に、同時に視線を向けられ焦ってしまったのだ。

　これまでとは何か違った警戒心が湧き起る。

　しかも、この龍ヶ崎の話に西本が完全にキレたからたまらない。

「ふざけるな！　テメェ、銭形だけ手元に置いて何をする気だ」

「何って、何かしたいのはそっちだろう。それに、お前みたいに品のない野郎にウロウロされたらこっちが迷惑だ。その点銭形なら、まあいいかって言ってやっただけで――――。それが不満なら帰れ。そもそも俺に警察の警護なんか必要ねぇ。子犬の一匹でも飼ったほうが、まだ役に立つってもんだからな」

「なんだと、テメェ」

　今度は西本と龍ヶ崎が喧々《けんけん》と争い始めた。

　それを聞いていた銭村がムッとしながらテーブルを叩く。

「もう、やめろって！　いい加減にしろよ、龍ヶ崎も西本先輩も。俺は銭形じゃなくて銭村だ。何度言えばわかるんだよ。いっそもう名前で呼べよ、芳幸って！」

　だが、その言いぐさがあんまりで、思わず柳沢が「ぷっ」と噴いた。

「そこ？　怒るところ違わね」

「馬ー鹿」

　真木には突っ込まれ、Ｄｏｇには呆れられ、今夜も銭村はさんざんだ。

しかし、ここまで恥ずかしい思いをさせられて、このまま撤退などできるはずがない。

銭村は鼻息を荒くした。

「とにかく！　俺は一人だろうがなんだろうが、しばらく龍ヶ崎の警護に当たります。腹が立つけど、俺ならいかにも刑事には見えないだろうし、そのほうが犯人も油断するかもしれないでしょう」

「銭村」

「連絡だけはマメにしますから。あとはよろしくお願いします」

「しょうがねぇな。無茶だけはするなよ」

「はい」

西本を説得すると、銭村は龍ヶ崎側の条件を呑んで、警護として潜入することを決めた。

その後は西本だけがこの場を去ることになった。

「龍ヶ崎、間違っても食うなよ」

「なんの話だよ」

帰り際、彼が本気で龍ヶ崎に釘を刺すも、銭村だけはその意味をまったく理解していなかった。

それを見て小刻みに肩を震わせながら笑っていたＤｏｇばかりに気を取られ、自分を怪訝《けげん》そうに見てくる真木の視線には気がつけなかった。

2

　西本が去ったのち、銭村は改めて龍ヶ崎たちに事情聴取を行った。

「襲撃時刻は昨夜の九時過ぎ。場所は本宅前。車から降りたところを通りすがりのベンツの車窓からサイレンサー付きの銃で発砲された。これで間違いないか？」

「ああ」

　ファックスで送られてきた殺人予告は一週間以内。その期間を今日から取るか昨日から取るかによって、一日の誤差が生じる。銭村は目処として、まずは今日を二日目と考えた。

　もし自分が考えたように、犯罪に巻き込まれた者の内部告発なら、昨日のうちに警察へ送る予定が、なんらかの事情で今日になった可能性もある。犯人逮捕まで気を抜くつもりはないが、予告を密告とするなら、目処はあったほうが見えない敵に対して探りやすいからだ。

「何か相手の特徴で覚えてることは？　車のナンバーとか、なんでもいい」

「ナンバーは隠してたし、ベンツはありきたりの黒だったたし、しかも夜だったたからな」

「手口もよくあるパターンで、特に目新しいこともなかったですよ」

　真木も柳沢も、今のところは協力的だった。

　目の前でメモを取る銭村を見る目は、まるで宿題をする子供の見張りでもしているようだ。刑事の捜査に協力しているふうではまったくない。

「ふーん。それで成功例は？」

「え？」

「よくあるパターンなんだろう。だから、これまでにそのパターンで成功したのはどれぐらいなんだって聞いてるんだよ」

改めて聞かれて、龍ヶ崎たちが失笑する。

何馬鹿なことを聞いてるんだと言わんばかりだ。

「俺を狙ったんだとしたら、襲撃側の成功例はなしだな」

「なら、昨夜の襲撃は本気じゃなかった。もしくは、これまで襲ってきた相手とはまったく別物だってことだな」

銭村はメモから顔を上げると断言した。

龍ヶ崎たちが顔を見合わせ、顰《しか》める。

「だって考えてもみろよ。本気でやろうと思うのに、何度も失敗してる方法なんか使うわけないだろう。ってことは、普段からドンパチやり合ってるような相手の仕業なら、ただの威嚇か挨拶だ。どんな馬鹿でも成功率ゼロパーセントの方法で、あわよくばなんて期待はしないだろう」

軽く言い放った銭村に、真木が身を乗り出す。

「けど、実際に柳沢はこのありさまだ。舎弟たちにしたって、命に別状はないが撃たれてる。あれは威嚇や挨拶じゃない。本気だった」

「じゃあ、昨夜の襲撃はこれまで襲ってきた相手とはまったく別物ってことだな。仮にしくじってもごまかしがきく方法をわざと選んできたって思うほうが、的が絞れる」

「それのどこに的があるんだよ」

「どうして。少なくともこれまでに襲ってきた連中は全部除外できるんだぞ。それ以外で知り合ったとか、かかわった相手に絞ればいいって話だ。たとえこっちに争ったり恨まれるような覚えがなくても、相手にとってはわからない。そういう視点でしらみ潰しに探っていけば、もしかしたらって相手の見当ぐらいはつけられるかもしれないじゃないか」

にこやかに説明してくる銭村に「だろう」と言われて、真木が口ごもった。

これを目から鱗《うろこ》というのかどうかはわからないが、龍ヶ崎と柳沢が顔を見合わせ、納得し合う。

「お前、馬鹿っぽい顔してるくせして、そうでもないんだな」

「そういうことをさらりと言うから、殺意を持たれるんだよ」

言い方は素直ではないが、銭村の考えは受け入れられた。

龍ヶ崎が「それもありか」と納得すれば、他の二人や組員たちが逆らうことはない。

「とにかく、まずは感情論抜きで襲ってきたことのない知人の中から、ベンツとサイレンサー付きの銃を手に入れられそうな人間、もしくはヤクザな同業者を金で雇える人間を今夜中に選んで教えてくれ。そしたらあとは警察で裏を取る」

銭村はメモを取っていた手帳を閉じると、ここからは協力要請に移った。

「いいか、間違っても自分たちで調べるなよ。知人相手に客観視はできない。ましてや殺人の疑いをかけたりかけられたりしたら、今後の付き合いに差し障る。そんなの嫌だろう」

この場の誰もが銭村よりは年上のはずだが、そんなことはお構いなしという態度だった。言いたいことだけ言うと、銭村は手帳をポケットにしまいながら席を立つ。

「だから、疑い恨まれるのは俺たちの仕事でいい。お前らは選んだら、あとは人違いであることだけを祈っておけ。いいな、約束だぞ」

そうして、「ちょっと家の周りを確認させてもらう」と断りを入れると、いったん玄関へ向かった。

応接間に残された龍ヶ崎たちが首を傾げ合う。

「平刑事が偉そうに」

「でも、真木さん。確かに俺たちに裏は取れませんよ。組長が盃《さかずき》を分けた鬼塚《おにづか》総長率いる磐田《いわた》会とか四神会の義兄弟たちとか、これまでまっとうな取引をしてきた相手は……。ねぇ、組長」

「疑い恨まれるのは俺たちでいい……か。薄給のくせして損な仕事だな」

彼らが「やれやれ」と苦笑いしたことを知らないまま、銭村は玄関から母屋の周りを回って、視界に入る周辺の家並みや景色を一つ一つ確認していった。

ドアからドアへが基本の龍ヶ崎が、自分から母屋裏にある駐車場まで歩くことはまずない。とすれば、彼がここで移動するのは正門から玄関、あとは応接間からも一望できる広々としたこの庭ぐらいだ。

『この庭は東南か？　道路を挟んでマンションがあるってことは、北側斜傾には引っかかってないのかな』

ふと、晩秋の名月が映える日本庭園に、あのマンションは不似合だ、邪魔だなと見上げた。

「おい」

そんなときに声をかけられる。

「なんだよ」

振り向いたときには、声の主がＤｏｇだということはわかっていた。

だが、それだけに銭村は驚いた。一瞬Ｄｏｇが龍ヶ崎に見えたからだ。

「久しぶりって言うべきか。一年、いや二年ぶりか？　だとして、もう本庁勤めってすごいな。あ、もしかして神保のコネか。あいつがパシリにしたくて、裏から手を回したんだろう」

理由は簡単だった。事情聴取のときにいないと思えば、着替えていたらしい。

Ｄｏｇは自前なのか借り物なのか、龍ヶ崎同様、着物を着込んで立っていた。龍ヶ崎に見えてしまったのは、その印象のためだ。

「そんな裏事情は知らないよ。俺は辞令に従うだけだ」

銭村はあたりを警戒しながらも、彼の傍へ寄って小声で話しかけた。

「それよりお前の依頼者は何者だ。誰が龍ヶ崎のエスコートになんかによこしたんだ。お前が来るってことは、そうとう物騒な相手が絡んでるって思っていいはずだよな？　龍ヶ崎を狙ってるのって、まさか国際的な犯罪組織とかなのか？　さすがにその辺のチンピラ相手に、国際クラスのスナイパーは出てこないよな？」

「よくもまあ、ペラペラと。守秘義務って言葉を知らないのかよ、公務員のくせに」

Ｄｏｇは着物の袖から煙草を出すと、その場で一服し始める。

そうでなくとも艶やかな男が、月下に照らされ妖艶ささえ醸《かも》し出す。

見ているだけで腹立たしいのは、ない物ねだりだろうか？

銭村はいちいち自分から見上げないと、目線が合わないことにも腹立ちを感じた。

「これが公務だから聞いてるんだよ。そうでなければ、誰がお前と立ち話なんかするか。危なっかしい」

「いつ口説かれるかわからないから？」

「は？　何言ってるんだよ」

いきなり話を逸らされ、ギクリとした。

「なら、ドキドキして仕事にならない、あのときのキスが忘れられないとか」

「もう、とっくの昔に忘れたよ！　俺が言ってるのはそういうことじゃない」

あれは眠剤の口移しだ。自分の前から姿を眩《くら》ませるために仕組まれただけのことだ。

何度も自分にそう言い聞かせて納得したはずなのに、今になって当の本人からキスと言われて頭に血が上る。

それなのに、Ｄｏｇは手にした煙草を遠ざけて相変わらず嫌味なぐらい整った顔を近づけてくる。

銭村の胸がドキンとする。

「なんだよっ」

銭村は否応なしに後ずさるも、背後にあった松の木に逃げ場を失くす。

「守秘義務はさておき、これだけは言える。俺とお前の目的は同じだ。俺は龍ヶ崎の命を守る。これに関して嘘は言ってない。ここにいる限り、俺とお前は仲間だ」

早鐘のように鳴り響く鼓動を抑えて、奥歯を噛んだ。

「それはどうかな。目的はまったく同じではないはずだ。俺は龍ヶ崎を守ると同時に犯人を逮捕したいが、お前はそうじゃない。そもそもそんな義務も権利もない。ってことは、お前が龍ヶ崎を守る手段そのものが、俺にとっては違法――ひっ！」

銭村の話は突然抱きしめてきたＤｏｇと同時に、松の木を弾いた狙撃によって阻《はば》まれた。

「来たか」

Ｄｏｇは利き手に持っていた煙草を投げ捨て、懐から拳銃を抜き出すと、月夜を見上げて「ロックオン」と呟《つぶや》く。次の瞬間には発砲していた。

Ｄｏｇが襲撃してきた相手を瞬時に捕えて応戦したのはたった一発だ。

「殺ったのか？」

彼の視線は、今しがた銭村が確認した中でも、一番目についた真向かいのマンション。その非常階段の三階あたりに向けられていた。

利き腕は、まるでライフルの銃身のようにぶれることなく伸びているが、月明かりを頼りに銭村が見ただけでは、Ｄｏｇの放った一発が相手に当たっているのかさえわからない。

だが、相手からの追撃はない。これが結果だ。

「いや。お前が逮捕したいって言うから、一応生かしておいてやった。だからといって同じ奴が

再び襲ってくるかどうかはわからない。襲ってくるようなら大した相手じゃないだろうし、そうでないなら次はもっと用心がいる」

「お前…っ」

ふっと漏らした微笑は、彼が納得のいく仕事を成し遂げた証《あかし》だった。

過去にそれを見ている銭村には疑う余地がない。

だが、それだけに銭村は背筋がゾッとした。寒気が起こる。

『この状況で、軽く四十メートルは離れているだろう狙撃者を返り討ち？　準備万端で狙っていたほうが外しているのに、咄嗟に構えた拳銃でヒットさせるって――――こいつの目はスコープか？　銃弾にはＡＴＲ《自動目標認識》機能でもついてるのか？』

仮に特殊な加工の改造銃だとしても、ベースとなっているニューナンブの38口径は銭村が普段使用している銃と同じもの。殺傷能力があるのは、せいぜい五十メートル程度だ。

正確なヒットを狙う射程距離を求めるなら二十メートル内だろうし、実際警察関係者が使用する平均距離だけを見るなら五メートルから七メートル、もしくはもっと短い接近戦用だ。

よほどの状況でなければ、Ｄｏｇと同じ使い方はしない。ただの乱射になりかねないからだ。

『これがＤｏｇの仕事。プロのスナイパー』

全身を強張らせた銭村を見下ろし、Ｄｏｇが不敵に笑った。

「そんなことより、これっていい手だな」

「なんのことだよ」

「俺とお前は、思った以上に龍ヶ崎とその側近・真木に似てるってことだ。一人一人じゃどうかと思うが、二人揃ってそれらしく装えばいい囮になれる」

「囮?」

いきなり話を変えられ、銭村の動揺が増した。

Ｄｏｇは何食わぬ顔で銃を懐に戻している。

普通なら銃刀法違反の現行犯逮捕が可能だろうに、そんなことさえ気が回らない。

西本や由利への連絡さえ頭に浮かばない。今の銭村は、彼に話を合わせるだけで精一杯だ。いまだに彼の腕の中にいることが、その証拠だ。

「初めは俺の傍に真木を置くかと考えたんだが、真木の安全まで考えたらお前のほうが都合がいい。ターゲットを守りつつ、犯人も逮捕したい警察官としてはもってこいの作戦だろう。お前が俺に協力するなら、俺もお前に協力してやる。な、いい交換条件だろう」

「そんな、ごまかせるわけないだろう。お前と龍ヶ崎はともかく、真木は俺とは比べ物にならないほど超美形なんだぞ」

「いつ顔が似てるって言ったんだよ。背格好に決まってるだろう。それに、実際勘違いされたから今も襲われたんだ。接近戦は期待していない。遠方だけでも躱《かわ》せればいい程度だ」

言われて銭村は、ようやく気がついた。

Ｄｏｇがわざわざ着物に着替えた、そして一瞬とはいえ銭村でさえ龍ヶ崎と見間違えた理由。

あれは着物の印象もあるが、わざと作られたＤｏｇの髪型のせいもあるのだ。

いつもサイドに流れ落ちている長めの黒髪。それが龍ヶ崎のようなオールバックにするだけで、パッと見の印象が変わる。艶やかは艶やかだが、そこに硬質さが加わることで、色気はあっても硬派、極道者な龍ヶ崎にほどよく印象を近づけていたのだ。

「そっか…。いや、でも！　そしたらお前が危ないじゃないか」

「？」

ただ、Ｄｏｇの目的がわかると、銭村は作戦に反対した。

「だから、俺にとってはお前だっていざとなれば守るべき側の者であって、場合によってはただの旅行者だ。暗殺の囮になんてできるはずないだろう。それこそこれが特命からの依頼だったとしても、そんな危険な真似をさせられるか」

真顔で説明する銭村に、Ｄｏｇが呆れた顔をする。

「お前、そんなに俺が好きなのか。もしかして一目惚れか」

「は⁉」

「だったらそう言えよ。もっと早くに会いに来てやったのに」

それはどんな解釈だ、言いがかりだと責めようとしたところで、ギュッと強く抱きしめられた。

「何す――――んっっっ」

力いっぱい突き飛ばそうとしたときにはキスされて、銭村は「しまった！」と思う。

「んっ……、ん――――っ」

またやられた。それも前と同じ手口でと理解したときには、強烈な睡魔に襲われた。

Ｄｏｇが口移しで飲ませたのは、三秒もあれば中身が溶け出すような特殊なソフトカプセルだ。それを舌先でのどに押し込まれたときには、もう遅い。銭村は意識を失うように深い眠りに捕らわれる。

ずるずると身を崩す銭村を、Ｄｏｇが支えて抱き直した。

「何が守るべき者だ。神保はこいつにどういう説明をしたんだ」

溜息交じりに呟くと、Ｄｏｇは銭村の身体を肩へ担ぐ。

すると、いつから見ていたのか龍ヶ崎が声をかけてきた。

「今の仕留めたのか」

「住処に帰れる程度でな」

「さじ加減が利くのか。さすがだな」

簡単なやりとりだけでわかり合う。

どうやら今回が初対面ではないらしい。

「それより今の話は本当か？　お前たちが俺と真木に成りすますって。俺を笑い死にさせる気なのか。エスコートに来た意味がねぇだろう」

「こいつに下手に動かれるよりはマシだろう。こいつはとぼけた顔して勘がいい。舐めてかかると、いずれは別件逮捕の尻尾を摑まれるぞ」

「お前もな。ああ、ようはそういうことか」

二人はひとまず肩を並べて、のんびりと母屋に向かった。

こうして並べば別人だとわかる。Ｄｏｇが似せようと意識しなければ、二人共が個性的だ。まず間違うことはない。

「――――なんだ、別にも理由がありそうだな」

途切れた会話に龍ヶ崎がちゃちゃを入れたためか、Ｄｏｇがジロリと睨む。

「余計な勘を働かせて寿命を縮めるほど、俺も馬鹿じゃないけどな」

一度は目が合うも、龍ヶ崎のほうがわざと逸らした。

そうして改めて視線を向けると、これまでには見せることのなかった殺気が含まれていた。

「今は味方だが、お前は依頼主が代われば刺客になりうる男だ。俺にとってはぺーぺー刑事《デカ》とは比較にならない危険人物だ」

「そうだな。油断はしないほうがいい。犬はいつ噛むかわからない」

今度はＤｏｇのほうが笑って流した。

しかし、再び視線を合わせたときは、こちらも本性を剝き出しだ。

月明かりの中でさえ、的確に標的を捕える眼差しが、隣を歩く龍ヶ崎をロックオンした。

「ただし、龍ヶ崎を守れと言って積まれた金以上の額を積んで、龍ヶ崎を殺れと言える奴はそういない。俺からすれば、お前のほうが脅威だがな」

極道・龍ヶ崎と、狙撃者・Ｄｏｇ。

同じアンダーグラウンドに生息するも、まるで生き方の違う二人は、似て非なる者同士だ。

軽くやりとりをしているようでも、刃物で肌を切り合うような緊張感が続く。

「それを言うなら、お前にそんな金を出す奴が一番厄介だ。オイルダラーは始末に悪い」

「そういう相手に軽々しく〝そういや、今日も派手にやられたな〜〟なんて話題を振るから、俺みたいな男を送り込まれるんだ」

今夜のところは二人を結ぶ依頼人、共通の知人となる男の存在が歩み寄りに一役買ったようだ。

しかし、これがよほどの曲者なのか、大の男二人が嫌そうな顔を見せ合った。

「タイミングよく〝その後どうですか〟なんて電話がかかってきたから、普通に返しただけだ。誰も助けてくれなんて言ってない。お前のことにしたって、それで駄目ならホワイトハウス経由で依頼して、米軍基地から一個中隊を警護に送らせますと言われたから、仕方なく受け入れただけで。本当に、二十歳そこそこのガキが金と権力を持つとろくでもないぞ」

誰が好き好んでＤｏｇのような危険な男を身近に――と、龍ヶ崎が本気でぼやく。

こうなると、仕事に見合った代金さえ受け取れれば特別文句はないＤｏｇのほうが、気が楽そうだ。龍ヶ崎を同情の目で見る。

「他人を助けるのも、相手を選ばないと大変だってことだな。今や龍ヶ崎義純は熱砂の若獅子・ワーリスト・バラカート国王の命の恩人だ。しかもいっとき国を滅茶苦茶にした前国王を撃退したクーデターの立役者で、バラカート国民の英雄でもある。本当ならバラカートに帰化して、砂漠に骨を埋めてほしいと熱望されているサムライヒーローだからな」

他人事なので、ただ可笑《おか》しいのかもしれない。

Ｄｏｇが称賛すればするほど、龍ヶ崎の顔に嫌気がさした。

「やめてくれ。全部行きがかりだ。俺は、刺青《いれずみ》狂いのド変態男に気に入られて拉致《らち》された真木を、取り戻しに行っただけだ。それをきっかけに、王位奪還だのクーデターだのをやらかした奴らがいただけで、勝手に立役者にされるのは迷惑だ。それに、本当に感謝しているなら金だけをよこせと言ってるのに、あのガキは――――。油田の権利書だの永久市民権だの送られたって、いらねぇって。しかも、お前みたいな男まで」

すべて本人が言うように行きがかり。それ以上でも以下でもないところで、過剰な恩返しはただの迷惑だと言いたいのだろう。それこそ小さな親切大きなお世話どころか、桁違いな親切は桁違いな迷惑だと。

「まぁ、その勢いで勝手に襲撃犯まで探してくれれば、決着も早くつけられる」

「お前が動く前に、一個中隊が送り込まれる可能性は否めないけどな。ただ、相手が警察にまでたれ込むような馬鹿では、逆にワーリスでは見つけられないかもしれない。ワーリスのことだ。きっと桁違いなほど大国のマフィアだのギャングだのに的を絞って、調べていそうだからな」

「違いない」

最後はどうでもいいような結論で幕を閉じる。

お互いまずは腹の探り合いが終わったのか、母屋の縁側から中へ上がった。

だが、そこで「義純」と声をかけてきた真木を見ると、龍ヶ崎は改めてＤｏｇに抱かれる銭村に視線を向けた。

「それにしても、成り代わりねぇ。あいつが承知するとは思えないぞ」

「大事なお前のためだと言えばすむ話だ」

「真木はあれでも〝恥〟を知ってる漢だからな」

背格好だけなら確かにごまかせる。

しかし銭村は、極道どころかまだまだ極道相手の刑事にさえ見えない普通の青年だった。

その寝顔を見るだけで、自分たちとは別の生き物だ。住む世界が本当に違うと思わせる好青年だっただけに、龍ヶ崎は「やっぱり無理だろう」と呟いてしまったのだ。

＊＊＊

不意打ちを食らったとはいえ、すっかり熟睡してしまった銭村が目を覚ますと、日付は殺人予告から三日目を迎えていた。

「あ、連絡。昨夜のことを先に連絡しなくちゃ。――――もしもし、西本先輩」

朝日が差し込む客間で銭村は、慌てて昨夜の一件を西本に連絡する。

「――――そうです。本宅庭園真向かいのマンション三階の非常階段あたりです。相手がプロなら何も見つからないかもしれませんが、とにかく鑑識を。またあとで連絡しますので、よろしくお願いします」

まずは西本から「任せろ」と言ってもらい、軽く胸を撫で下ろした。

だが、それもつかの間「よう。起きたか」と声をかけてきたのはダークスーツ姿のＤｏｇだった。昨夜の話はシャレや冗談ではないのか、「これに着替えたら、応接間に来い」と真木の衣類を渡してきたのだ。

「これ？」

銭村が渡されたのは、ダークグレーのシャツに上質な漆黒のスーツ。そしてダークレッドのネクタイと、銭村からしてみれば「こんなの披露宴の参列でもありえない」と叫びそうなド派手な衣装だった。

これはもう、コスプレの域だ。

しかし、コスプレならコスプレ、仕事なら仕事で開き直れる銭村はまだいい。

ここへ来て思いがけない悲劇に見舞われたのは、この派手な衣装を普段着として着こなせるだけのルックスと貫録を持った真木のほうだった。

すでに着替え終えていたのに、突然「これに着替えろ」と言われて眉をひそめた。

「ふざけんな。こんなダッサいカッコで歩けるか。このままこいつのふりして刑事の真似をするぐらいなら、矢面に立ってマシンガンでもぶっ放されたほうがマシだ。頭おかしいんじゃないのか、お前ら」

さすがに銭村が着ていた服を着ろとは言われなかったが、代わりに早朝から手下が買い出しに走ったらしいシャツにネクタイ、靴下までセットになった既製品のスーツセット。それも二セット買ったら更におまけにもう一セットという、超激安メンズスーツを突きつけられて、ブチ切れたのだ。

しかも、「お前ら」と名指しにしてスーツを投げた先には、Ｄｏｇだけではなく龍ヶ崎もいた。このキレっぷりはそうとうだ。スーツを買いに行かされた下っ端たちなど、雪見障子の向こうで正座をしたままガクガクと全身を震わせている。

「悪かったなダサくって。俺だって仕事でなければ誰がヤクザのふりなんてしたいもんか。しかもこんなの、仮装大会より恥ずかしいって」

真木があまりに失礼なので、銭村も反撃に出た。これでは言われるまま素直に着替えた自分のほうが馬鹿みたいじゃないかと訴える。

「仮装大会って言うよりは」

「七五三…？」

銭村を上から下まで見たＤｏｇと龍ヶ崎が笑い合う。二人揃うと嫌味度が二倍ではなく二乗になる。

なにせこちらは衣類を変えたとしても、色や形が変わるだけで、劇的な変化はない。しいて言うならオールバックを解いた龍ヶ崎が、極道というよりは完全に銀座のホスト寄りになってしまい照れくささそうなぐらいだ。が、この程度ならサングラス一つでごまかせる。

この二人に、銭村と真木の激怒は永遠にわからないだろう。堂々と面白がっているのが伝わってくるだけに、かえって二人の神経を逆撫でするだけだ。

「とにかくお前も警察の端くれなら、こんな馬鹿な作戦に便乗しないで、まともな仕事しろよ」

真木は断固として、普段どおりで過ごすことを主張した。

「わかってるよ。すぐに着替えるって。あ、でもその前に昨夜頼んだ人選の資料なり、リストなりを出せ。今のうちに本庁に転送するから」

銭村もプリプリと怒ってはいたが、それでも自分の仕事は忘れていない。龍ヶ崎たちに向かって手を出した。

すると、すぐに動いたのは柳沢。自分のスーツの懐から、四つ折りにしたレポート用紙のようなものを取り出した。

「箇条書きですけど、よろしいですか」

このあたりは銭村の意図を納得していたためか、彼らも仕事が早かった。銭村が熟睡していた間に、条件に沿った知り合いや関係者のリストアップがされている。

「ああ、構わないよ。どうせちょっと確認を入れるだけだから」

銭村はそれを「ありがとう」と受け取った。

一とおり斜め読みしてから、納得した顔で龍ヶ崎たちに視線を戻す。

「じゃあ、お前らはここに書き出さなかった連中に、一番気をつけろよ。理由はどうあれいるだろうからさ、そういうのが」

「っ⁉」

サラリと、それもまったく悪意なく言いきられて、柳沢どころか龍ヶ崎や真木までもが一瞬顔つきを変えた。

「こういうのを消去法って言うんだ。あ、ファックス借りたいんだけど、どこ」

まるで「いい勉強になっただろう」と言いたげだった。銭村はニコニコしながら廊下に出ると下っ端たちに声をかけた。

「こちらです」

案内されて、その場からいったん姿を消した。

Ｄｏｇはその後ろ姿を見ながら、口角をクイと上げた。

「組長」

「義純」

その場から銭村の気配が消えると、柳沢と真木が声を発した。

龍ヶ崎が珍しく重い溜息をついている。

「当分ヤバいものには手を出すな。予定を全部変えろ。今だけはあいつに協力をして、とっとと追っ払うほうが賢明だ。あとは事情を説明して、リストから外した人間の裏を取ってほしいと鬼塚に連絡しろ。ただし、動かすのは磐田会以外。極力うちとは無関係なところでやってほしいと頼んでくれ」

「わかりました。では、そのように鬼塚総長にお願いしてきます」

柳沢は一礼すると、電話をかけに隣の続き部屋へ移動した。

間近で様子を見ながら煙草を吸い始めたのはＤｏｇ。真木は顔を顰めたままの龍ヶ崎に、自分も懐から煙草を取り出して差し向ける。

「あいつ、もしかして俺たちを疑心暗鬼にさせて、どっかと相打ちを狙ってるんじゃないのか」

「俺たちがどこの誰を手元に残しているのかをわかっていて、そういう悪知恵が回る奴なら、むしろ安心だ。けど、そこまでわかってるとは思えない状況で心配し、警戒を促してくるから厄介なんだ。それなら用心しておくかって自然に思わされる。ついでに俺自身が、いざとなったらあいつの意見を優先する程度でしか、相手を信用してないんだなという嫌な自覚までさせられた」

何も三人揃ってと思いながらも、龍ヶ崎と真木も一服し始めた。

目の前には座卓と座布団が揃っているのに、誰一人座ろうとはしない。軽い緊張感を覚えているのが、その場の空気で伝わり合う。

「こんなことなら、西本のおっさんを残したほうがよかった?」

「いや。あいつに入れ知恵された西本がここで暴れるほうが、もっと厄介だ。逆に引っ掻き回されて、騒ぎが大きくなる。そうだろう」

わざとらしく紫煙を吐いた真木の問いに答えながら、龍ヶ崎がＤｏｇへ話を流した。

Ｄｏｇは「さあな」と笑うだけだが、最初に「残すなら真木の代わりに使える銭村だ」と龍ヶ崎に入れ知恵したのは彼だ。そして用心を促したのも――。

「何にしても、こうなると警察への予告状も、ただの馬鹿の仕業とは思えなくなってくる。意図的にああいうのをぶち込まれたんだとしたら、営業妨害もいいところだ。もしかしたら、襲撃や殺人予告はただのカムフラージュで、本命はこっちかとまで疑いたくなる」

龍ヶ崎は、紫煙を漂わせながらも、時折煙草の吸い口を強く噛んだ。

そこへ柳沢が一礼と共に戻ってきた。

「組長。お願いしてきました」

「とりあえずは安心か。裏さえ取れれば対応が利く。いったいこの騒ぎが、何を目的にしたものなのか、それがわかるだけでもこの妙な胸騒ぎは消えるだろう」

龍ヶ崎は、手にした煙草の灰を卓上の灰皿に落とした。

「それにしても一週間か。今日を入れてあと五日。厄介だな」

本気でぼやいた彼の視線の先には、下っ端たちと戻ってきた銭村がいた。

すでに真木のコスプレをやめて、真新しいスーツを着込んでいる。

「ありがとう。でも、このスーツ代は払うから、コンビニでお金下ろすまで待ってて」

「いえ、それはこちらで勝手に用意したものなので、どうぞ気になさらずに」

「それは贈収賄になるから駄目だ。お前ら、お買い得スーツで俺の人生を滅茶苦茶にする気かよ」

「えっ、駄目なんですか。全部合わせても三万円ちょいですよ」

「たとえ一円でもヤクザからは貰えない。品物でも同様だ」

どうやら銭村は、誰が見てもここでは引き取り手のないスーツ三セットを買い取る気らしい。

下っ端たちが贈呈を促すも、頑として断っていた。

「はぁ…。確かに俺らヤクザですもんね」

「けど、ずいぶん簡単に滅茶苦茶になっちゃうんですね、銭村さんの人生って」

「真顔で言うな。なんか切なくなってくるじゃないか」

どっちもどっちで、悪気のない会話だとわかるだけに、龍ヶ崎は苦笑しか浮かばなかった。

銭村は両手に拳を作って「ちくしょう」と呟いている。

応接間の奥の部屋から振り子時計の音が響いてきたのは、そんなときだ。龍ヶ崎は腕時計を見てから、周りに目配せをした。

「そろそろ出る?」

「ああ。それより真木。俺たちは入れ代わるんだぞ。本当にそのままでいいのか」

「もちろん。俺が傍にいればＤｏｇが身代わりだとバレる確率が減る。あんたはせいぜい刑事と一緒に、エスコートのふりでもしてろ」

「なら、いいが。じゃあ時間だ。行くぞ、銭形」

真木が納得したので、朝から茶番を展開した応接間から移動する。

龍ヶ崎に呼ばれた銭村は、慌てて「ちょっと待て」と追いかける。

「こんなときに出かけなきゃいけないのかよ。お前は命を狙われてるんだぞ。極力外出は控えろよ」

「こっちにだって予定があるんだ、嫌なら帰れ。そもそも俺に警察の護衛なんか不要だと言ったはずだぞ。付き添わせてやるだけありがたいと思えって」

「だったらコンビニ。金下ろして朝飯も買うから、とにかくコンビニだけ寄ってくれよ、俺は朝飯抜くと腹に力が入らないんだ」

切実に訴えた銭村相手に、さすがに「駄目だ」と言える者はいなかった。

腹を抱えて笑いを堪えているＤｏｇの隣で、龍ヶ崎が渋々「わかった。なら、寄ってやるよ」

と了解した。

それを見ていた下っ端たちは、立場上笑うに笑えないまま一行を見送った。


銭村とＤｏｇを含む龍ヶ崎一行は、見た目にはわからずともしっかり装甲改造された十人乗りのワゴン車で本宅をあとにした。

運転席と助手席を除いた後部座席は、リムジンさながらのラグジュアリー仕様。後ろ三列仕様の前二列、四座席分は三百六十度回転するので、用途に合わせていかようにもセットすることができる。

だが、本日は普段と変わりなく装っているので、座席はそのままだ。

普段龍ヶ崎が座る最後尾の右奥にＤｏｇが座り、その隣に真木。そして彼らの前には、柳沢と若手の側近。運転席の真後ろに龍ヶ崎と銭村が座ることとなった。

それでも襲撃に備え、銭村は龍ヶ崎を奥に押し込み、自分は扉側の席を選んでいる。

「ごめんな。二分で戻るから絶対に扉は開けるなよ。いいか、みんな大人しく待っておけよ」

口調だけは園児を引率する先生のようだが、そうそうたる面々の中では銭村が一番下っ端にしか見えなかった。

言葉どおりコンビニに寄ると、二分でお金を下ろしておにぎりとお茶を買って戻った銭村に、真木は呆れたように言った。

「あれを俺のふりしてやられたら、近所の笑い者じゃすまなかったぞ」

想像しただけで赤面しそうだと文句タラタラだ。

Ｄｏｇは「そうだな」と同意する。

だが、それと同時に左腕を伸ばすと、何を思ったのか突然真木の肩を抱き寄せた。

「何してんだよ、テメェ」

いきなりのことすぎて、怒りよりも焦りが出た。Ｄｏｇを押し退けた真木の顔が赤らむ。

「普段龍ヶ崎がお前にしてること。ついでに言うなら、あっちはエスコートと刑事ってことらしいが、あの組み合わせはどうも緊張感に欠けてるぞ」

Ｄｏｇは前の座席の二人に視線をやった。

真木は身を乗り出して確認した。目を凝らし、耳を澄ませていると、どうやら銭村はおにぎりを片手に襲撃時の指示をしているようだ。

間に座らされている柳沢たちは、何か雲行きの怪しさを予感してか、黙って俯《うつむ》く。

「とにかく、お前は何もしなくていいからな。エスコートのふりだけすればいいんだから、何かのときには、いの一番に俺の後ろに隠れろよ」

「いや、無理だろう。隠れないし」

龍ヶ崎はいつもの調子で脚を組んで、話半分で聞いている。

しかし、それがあまりに普段どおりすぎて、真木は眉間に皺を寄せた。

何も気にしていない様子の銭村は、ただただ公務に勤《いそ》しんでいる。

「だったら伏せるなり、しゃがむなりしろ」

「そういうのは極道の本能にはない」

「極道になくても、人間の危機管理能力は遺伝子に組み込まれてるはずだろう」

「だったらいっそ刑事公認で撃たせろよ。そのほうがエスコートっぽいし、俺の遺伝子的にも合ってる」

龍ヶ崎が胸元から銃を出すふりをして、バンと撃つ真似事をした。

それを見た真木がくっと唇を嚙んだ。

柳沢と若い側近は、ますます俯く一方だ。

「そんな公認、誰ができるか。ふざけてんのかお前……っ」

銭村が龍ヶ崎のほうへ身を捩《よじ》る。と、ちょうど車が左折し、銭村の身体が右へ流れた。

体勢を崩した銭村に龍ヶ崎が両手を伸ばしたのは、ただの条件反射だ。

「先にシートベルトをしろよ、警察官のくせに」

「ごめんっ――――って、どこ触ってるんだよ。どさくさに紛れて！」

「いや、普段のあいつの真似をしてみただけだ。いざってときにバンバンやれないなら、せめてこれぐらいはと思って」

そうして支えた身体を、特に腰から臀部のあたりを撫でてしまったのは、条件反射ではなくＤｏｇになりきってのことらしい。

いったい何者だ――――しいていうなら、男好き。これは銭村が初めてＤｏｇに会ったとき、本人が堂々と答えているので「嘘をつくな」とも言えない。

その場をうやむやにするためとはいえ、二度も口移しで眠剤を仕込まれた銭村にしてみれば、

「それも真似しなくていい！」と、頬を染めて訴えるばかりだ。

だが、それを一部始終見ていた真木は違う。握り締めた前座席にキリキリと爪を立てた。

しかも、そんな真木の尻を今度はＤｏｇが撫でたからたまらない。

「まぁ、龍ヶ崎のほうはけっこう楽しそうだけどな」

「もういい！　代われ、銭形っ」

真木はＤｏｇの手を叩き落とすと同時に、前座席に向かって叫んだ。

俯く柳沢たちがビクリとする。今度は前にいた銭村が後ろを向いて身を乗り出してくる。

「だから俺は銭村だって言ってるだろう」

「そんなのどうでもいい。今すぐ席を代われって言ってるんだから、代わればいいんだよ」

「なんだよ、いきなり」

ポカンとしている銭村の隣では、龍ヶ崎がＤｏｇ同様肩を震わせて笑っていた。

柳沢たちは、運転席にいる手下たちと共にひたすら肩を竦ませている。

「それって服まで替えるのかよ」

「席だけでいい！」

このとき真木の複雑な苛立《いらだ》ちに気づけなかったのは、銭村ただ一人だけだった。

昼前からどこへ行くのかと思えば、本宅からそう遠く離れていない大学病院だった。

政財界人から芸能関係者、そして龍ヶ崎のようなヤクザまでもがよく利用し、メディア関係者を完全に遮断することのできる特別病棟があることで知られている病院だけに、銭村は緊張が高まった。

龍ヶ崎がいったい誰に面会に来たのかと、注意深く窺《うかが》う。

「鬼屋敷仁蔵《おにやしきにぞう》」

部屋の名札にあったのは、銭村にも覚えのある極道の名前だった。担当組織でないが、関東連合鬼東会《きとうかい》のナンバーツーだ。泣く子も黙る大極道で、何度か直接顔を合わせたこともある。見た目も性格も兄弟仁義を地でいく強面な昭和《しょうわ》のヤクザだが、気風《きっぷ》のいい男だ。

「面倒見のいい親父《おやじ》さんでな。現組長の十蔵《じゅうぞう》さんと俺の年が近いこともあって、ガキの頃から可愛がってもらってるんだ」

「それで見舞いかよ。義理堅いな」

龍ヶ崎から自身から説明されると、普通に感心してしまった。

その間に柳沢は、部屋で待機していた側近に到着を伝えている。

「お待たせしました。どうぞ」

部屋の中は病院というよりマンションの一室のようだった。

一部屋がパーティションで仕切られ、入口側に応接間とミニキッチン、バストイレがついている。そして奥の窓際にはベッドが置かれているが、銭村はミラーレースカーテンに彩られて、何食わぬ顔ではめ込まれていた防弾ガラスに気づいて苦笑した。

ここは狙撃にまで備えた一室だ。どれだけ厄介な患者ばかりが入院するんだと、想像しただけで顔が引き攣《つ》りそうだ。

いっそここに龍ヶ崎を閉じ込められたら、警護はそうとう楽だと思ってしまう。

「お加減はいかがですか。親父さん」

「いつもと顔ぶれが違うようだな。なんでここに平次がいる」

龍ヶ崎が声をかけると、仁蔵が銭村を見た。

覚えがいいのはありがたいが、その覚え方がやはりみんな自分勝手だった。

世代もあるのだろうが、仁蔵は銭村を平次で認識している。何度も「お金は投げません」と言ったはずなのに。銭村の心の叫びがわかるのか、Ｄｏｇと真木が目を逸らした。

龍ヶ崎だけは笑いを堪《こら》えて仁蔵と話を進める。

「ちょっとわけあって。それより今日はいい知らせを持ってきました」

「なんだ」

「ゴルフ場を手に入れたんです。親父さんが元気になったら、ぜひ連合幹部の方と回っていただければと思って」

龍ヶ崎はサラリと言ったが、銭村は度肝を抜かれて目を見開いた。

ゴルフ場の会員権がどうこう言われても目を光らせるところだが、龍ヶ崎は軽くその上をいった。ゴルフ場を手に入れた――桁違いな話すぎて、銭村にはよくわからない。それはどれぐらいの金があったらできるものなのか、パッと頭にも浮かばない。

「そうか…。相変わらず商売がうまい男だな」

「十蔵さんには及びませんよ。それより、親父さんたちが常連客になってくれることを見越した投資ですんで、早く元気になってくださいよ」

「おう。任せとけ」

「じゃ、今日はこれで」

見舞いだけに、龍ヶ崎も長居はしなかった。

仁蔵の様子を見て話をし、見舞い金を直に渡せればそれでよしといったところだろう。仁蔵もそれがわかっているのか満足そうだ。

場が場なので、銭村も特に口は挟まない。部屋を出るときには仁蔵の側近に対して「お大事に」と頭を下げただけだ。

あとは病棟から出て駐車場へ向かうだけだが、その間すれ違う見舞い客は極力見ない。

大半が秘書やエスコート付き、またはサングラスで顔を隠しているような人間だ。ここは見ざる言わざる聞かざるに徹するほうが、利口なのは一目瞭然だ。

銭村は乗り込んだエレベーターで自分たちだけになると、龍ヶ崎に問いかけた。

「それにしても、ゴルフ場とは豪勢な話だな」

龍ヶ崎は銭村の前で堂々と口にした。誰の名義を使って手に入れたのかはわからないが、手続き等に抜かりはないという自信の表れだ。これは探ったところで、別件逮捕には繋がらない。しかも今は護衛が優先だ。

銭村が聞いてみたのは単なる好奇心からだった。

それがわかっているのか、龍ヶ崎も嫌な顔はしない。

「ちょっと大きな庭つきの別荘購入だ。近年ヤクザが利用したってだけで、経営サイドまでパクられる。完全に締め出してくるところも多い。貸し切りにさえしてくれねぇ。そしたら自分で持つしかないだろうって程度の話だよ」

生きにくい世の中になったものだと、わざとらしく愚痴を零した。

「地上げや立ち退きのときにはさんざん利用しておいて。時代が変わったとはいえ、恩も義理もねぇもんだ。そう言って、親父さん世代の幹部連中が切れてたからな。まぁ、これも親孝行みたいなもんだ」

銭村の胸がチクンと痛んだ。

仕事柄とはいえ、組織犯罪にかかわればかかわるほど、それを悪用する一般人が多いことは嫌でもわかる。先日の龍ヶ崎の言い分ではないが、悪人が悪人を貫きとおすより、善人面した悪人のほうがよほど始末に悪いのもわかる。

だからこそ、今以上に悪がはびこらないよう努力していくしかないのだが――。

それでも、今日のような仁蔵を見ると、大きなお世話だろうとわかっていても気になった。

「一般市民にはできないレベルの親孝行だな。で、仁蔵は悪いのか？」

「いや、ただの食中《しょくあた》りだ。なんか悪いもん食ったらしい」

龍ヶ崎が自ら足を運ぶぐらいだ。重病なのかと思えば、そういうことではなかった。

銭村は、拍子抜けしたが安堵した。

「は？　それでこの物々しさかよ。今にもヤバいのかってムードだったのに」

「切られた撃たれたっていうのには慣れていても、病気で入院したことがない人だからな。傷もないのに痛むっていうのが、そうとうショックだったみたいだ。病は気からって言うだろう」

「なるほどね。……？」

ちょうど話に区切りがついたところで、エレベーターの扉が開いた。前を過ぎった者たちがいた。

ふと、銭村の視線が足早に移動する年配の男性を捕え、そして追いかけた。

「どうした？　知り合いでもいたのか」

「ああ。ちょっとだけいいか？　ごめん、本当にちょっとだから」

龍ヶ崎たちには「ここを動くなよ」と釘を刺して、銭村は男のほうへ向かった。

ここは特別病棟から一般病棟へ、そして外来へと繋がるエレベーターフロアだ。人通りが多いのは当たり前だし、似たような背格好、年頃の男性は複数いる。

だが、銭村はなぜかその中のたった一人に目を奪われた。すぐに名前が出てこないが、気になるのは見覚えがあるからだと思った。

「あの」

「銭村」

先を急ぐ男に声をかけるかかけないかというところで、銭村は後方から呼び止められた。

立ち止まって振り返ると、声をかけてきたのは昨日銭村を事情聴取した刑事部の城崎。そして一緒にいるのは交通部課長の広末だ。彼もまた正義感が強い五十代半ばの警察官だ。

「どうしたんだ。こんなところへ」

「はい、仕事で」

他部署の者が組んで動くのはごく稀《まれ》なことだ。銭村もこれは何かあると感じた。

しかし、去っていく男性のことも気になり、視線が自然と追いかける。

それを見た城崎が銭村の視線を一緒に追った。

「あれ、金剛寺《こんごうじ》局長じゃないか。どうしたんだろう。調子でも悪いのかな」

見覚えがあって当然だった。銭村が追いかけたのは警察庁交通局長の金剛寺警視監だった。

勤務場所は隣の建物だし、直接話をしたこともない。だが、すれ違うぐらいの機会はある相手だ。制服がないのでピンとこなかっただけだろう。

「そろそろ警視総監に大手がかかってきてるから、胃がキリキリしているのかもしれない」

「高級官僚の辛いところだな。どこまでいっても出世争いだ」

銭村は納得すると「ところで」と話を切り替えた。

龍ヶ崎たちを待たせているだけに、要点のみの質問だったが、この二人こそ揃って何をしに来たのかを訊ねたのだ。

「――――え、俺のことで被害者に会いに来たんですか？」

「ああ。そういや、これもお前がかかわった事件の一つだったなって話になったんだ。それで事故当時のことを少しでも聞ければと思って、課長に同行させてもらったんだ」

何かと思えば、轢き逃げ事故に銭村が襲われた件が合わされた内容だった。

銭村は、すっかり龍ヶ崎のほうに気を取られていたためか、言われて思い出したようなありさまだ。

「それなら俺に聞けばいいのに」

「お前にはもう全部聞いただろう」

「あ、そうか。でも、話が聞けるぐらい回復してるんですね、被害者の方。よかった」

「それはまだ聞きに行ってみないとわからないがな。まあ、とにかくこっちはマメに様子を見ながら、犯人を捜し出すしかない。それよりお前も気をつけろよ。こんなときにヤクザの護衛なんて…。西本も心配してたぞ」

「はい。ご心配かけてすみません。けど、逆にヤクザと一緒のせいか、今のところ俺自身におかしなことはないですよ」

「そうか。それもよし悪しだが、不意打ちされないだけでもましか。とにかく、気をつけろよ。お前に何かあったら、兄貴に合わせる顔がないからな」

「はい。では、これで」

簡単な立ち話で終わらせると、あとはお願いしますと頼んで龍ヶ崎たちのところへ戻った。

城崎と末広は、そんな姿を見送ってから病室へ移動する。

「ありがとう。お待たせ」

「忙しい男だな」

「まあね。さ、とにかく用がすんだら帰ろう」

「馬鹿言えよ。仕事で回るのは、これからだ」

「え…。そうなんだ」

銭村は、その後も龍ヶ崎の護衛をしながら、都内を転々とすることとなった。

「病院を出て、現在新宿方面に向かってます。目的地に到着したら、また報告します」

自分の行動、イコール龍ヶ崎の行動は、銭村の持つスマートフォンのGPS機能で由利や西本、組織対策部の仲間が常にチェックしている。

途中からは距離を置いた尾行も合流するし、何より一番近くにDogという最強のエスコートもいる。

銭村は、単独で今回のような護衛をするのは初めてだったが、不思議なほど不安はなかった。その分、仕事にも集中することができた。

そうして殺人予告三日目が、あっという間に過ぎていく。

「銀座へ戻るぞ」

夕刻になり、車に乗り込むと龍ヶ崎が指示を出した。

「まだあるのかよ」

「これで最後だ。文句を言うな」

「いや、意外に働き者なんだな。組長なんて三食昼寝つきかと思ってた」

「――――」

真顔で感心している銭村に苦笑しながらも、龍ヶ崎は銀座にある高級クラブ、自身の持ち店へと顔を出した。

準備中の札が出された店内では、ママとチーママと思われる三十代から四十代の女性二人が、上品な着物やドレス姿で龍ヶ崎たちを待っていた。

何かと思えば、スタッフ面接の立ち会いだった。

「すげぇ度胸だな。俺がいるのに堂々と。人身売買じゃないだろうな」

「少し黙っておけ」

しゃべりすぎてか、Ｄｏｇに口を塞がれドキンとした。

彼の何気ない行動にふと意識をもっていかれて時間が止まる。わずか一秒二秒だが、銭村の全神経がＤｏｇに向かってしまう。

銭村は慌ててＤｏｇから顔を逸らして、気を逸らそうと集中した。視線を今一度龍ヶ崎に向けることで、職務意識を取り戻す。店内ではママたちが順番に個人面接をしていくのを、隣のテーブルで龍ヶ崎と真木が黙って見ている形だ。

面接に来たのは八人。銭村から見れば誰もが美人で個性的で、何より肉食系そうな二十代の女性たちだ。

「どうでしたか？」

二時間ほどで終わると、ママが八人分の履歴書を龍ヶ崎に差し出した。

しかし、龍ヶ崎はそれを真木へと流す。

「どうだ、真木」

「全員失格。面接に来てあっちこっちの男に色目を遣ってるようじゃ、たかが知れてるよ。もう少し理性的かつ知性のある子がいい。若くて可愛いだけなら、もう十分。教養があったら理想的」

「だそうだ」

即決で全員却下だった。龍ヶ崎が苦笑しながら、履歴書をママへ戻した。

「もう、これだからオーナーが立ち会うと」

さすがに全員却下はきついのか、ママが龍ヶ崎相手に唇を尖《とが》らせた。

「それを言うなら、真木が来るとだろう」

「いいえ。私は目利きの真木ちゃんだけを呼んだはずです。それなのに…。だいたい何なんですか、今夜のこの揃い方は。女なら誰でも目移りしますよ。あの子たちに罪はないですって」

ママのは視線は龍ヶ崎どころかＤｏｇや柳沢、銭村にまで向けられた。

何か自分にまでとばっちりが来そうなので、銭村はコソコソと逃げていく。

それを見た龍ヶ崎が、また噴き出しそうな口元を押さえる。

「まぁ、そう言うなって。今夜は行きがかりだ」

「それよりオーナー。今の若い方は、確か……」

「ああ。うちの担当刑事だ。今、仕事で俺に張りついてる。あれでもボディーガードのつもりらしい。何かのときにはふるまってやってくれ。まあ、断ってくるだろうけどな」

「ふふ。承知しました」

今夜のところはこれで終了だ。

最終的に八人の合否はママたちの采配に任せると伝えて、龍ヶ崎は帰り支度を始めた。

ママたちの見送りもあえて断り、逆に自分たちが去るまでは店から出るなと指示をして、表に迎えのワゴンをつけるように連絡をする。

この店は、何店舗もの飲食店が入る雑居のビルの二階にあった。

一際豪華に、そしてしゃれて作られた高級クラブは、通りに面したビルのエントランスから緩やかなカーブを描いた螺旋階段で誘導するように、二階の店前の踊り場へ繋がっている。

階段外側を囲むように、十センチ幅ほどの鉄柵はあるにしても、通りからは一望できてしまう。

それだけに、銭村は店の出入りには特に気を配った。緊張もした。

どんなにＤｏｇを龍ヶ崎に仕立てたところで、襲撃から守らなければと思うのは一緒だ。

表に人や、別の車が通るたびに顔つきが険しくなった。

そんな銭村を見ながら、真木が龍ヶ崎に呟く。

「あんた、かなり気に入ってるんだな、あいつのこと。ママにまで頼んでおくなんて……」

「なんだ。妬いてるのか」

龍ヶ崎がからかうように頬をノックしようとした。

すると、突き出された人差し指の第二関節に真木が噛みついた。

これは本気だ。朝から燻《くすぶ》っていた嫉妬心に、完全に火が点いたようだ。龍ヶ崎は、真木の耳元に唇を近づけた。

「面倒だから黙っておけよ。昔、あいつの兄貴に一度だけ世話になったことがあるんだ」

「だったら恩は本人に返せよ。その兄貴のほうに」

「もういねぇよ。七年前に殉職した。ＳＩＴに所属していたんだが、出会ったときが別れのときだ」

一瞬にして真木の顔つきが変わった。

聞かされたキーワードから脳裏に過ぎったのは、頭取と密談で出向いた先で、偶然巻き込まれた銀行強盗が人質を取り立てこもった事件だ。

世間には完全に伏せられているが、あの場の人質の中には龍ヶ崎と側近二人がいた。

残された真木や柳沢がどうやって龍ヶ崎を救出しようか、生まれて初めて警察とやりとりをした。当時の担当者だった由利と極秘に連絡を取り合い、事件の対策本部の対応に不満が高まれば、自ら兵をひいて救出に乗り込むところまで準備ができていた。

ＳＩＴが動くか真木ら率いる龍仁会が動くか、それこそ一分一秒を争った事件だ。

解決後に犯人とのかかわりを疑われて、ミサイルの一発も撃ち込んでやろうかと激怒しただけに、忘れようもない。

実行しなかったのは、龍ヶ崎が殉職者への敬意と哀悼を優先しろと訴えたから。仲間を亡くした由利たちが見せた慟哭には、何一つ嘘がなかったからだ。

「そういうことだ」

「あ、そう」

納得した真木は、それ以上は何も聞かなかった。

もやもやしていた気持ちが晴れたのか、先ほど噛んだ龍ヶ崎の指を握ると、「ごめん」と呟く。

しかし、その様子が銭村には、これまでと違って見えた。二人が気にかかり、何を企んでいるのだろうと勘ぐってしまう。

『なんの相談だ？』

真木が龍ヶ崎に寄り添うほど、怪訝そうな顔になっていく。

すると、そんなときに迎えのワゴンが到着した。足早に移動しようとＤｏｇが合図したが、銭村は龍ヶ崎たちが気になり、つい後ろを見てしまった。

「気を逸らすな。今は前だけを見ろ」

「ああ、わかって……っ！」

当然の注意だったが、急に顔を近づけられて逆に焦った。その拍子に銭村が階段を踏み外す。

「銭…っ」

ほんの一瞬、Ｄｏｇの意識と左腕が、階段から落ちかけた銭村だけに向けられた。

同時に店の前に勢いよく黒いベンツが走り込んできた。そして、迎えのワゴンの後部をドン！と突くようにぶつけて止まる。

「逃げろ、銭村！」

外から聞こえた西本の叫びと銃声が重なった。

銭村たちはベンツの車窓から二丁の銃で乱射された。

完全に尻もちをついた銭村の頭上を銃弾が掠る。

「伏せろっ」

西本の声、そしてDogの指示もあり、その場にいた全員が瞬時に動いた。

柳沢たちは龍ヶ崎の盾になり、龍ヶ崎は真木を後ろ手に匿《かくま》う。

銭村は転びながらも身体を捩り、階段途中で上体を起こし、懐から銃を抜いて構えた。

だが、そのときには車窓の隙間から銃口だけを出していた二人は、Dogに撃たれたあとだ。

苦し紛れに手榴弾を投げつけてくると、急発進で逃げ出した。激しいタイヤのスリップ音と共に、銀座の街に爆発音が響く。

銭村は咄嗟に後続の龍ヶ崎たちを庇うように身を伏せた。

『?』

さほど爆風を受けなかった。見れば銭村の前には悠然と立ち、爆風の盾になっていたDogの姿があった。

『Dog…』

銭村が何かを言おうとするも、西本が叫ぶ。

「無事か、銭村!」

銭村は龍ヶ崎たちの無事を目にしてから、返事をする。

「——はい! 全員無事です」

彼らが大きな被害を受けずにすんだのは、Ｄｏｇの素早い反撃。そして爆破物の破片などの盾になってくれた長い鉄柵のおかげだった。

とはいえ、店の前に置かれていた生花や看板は爆破され、一階店舗の一部も吹き飛んだ。通行人への被害も確認しなければならない。

それらすべての惨状を目にすると、銭村は残りの階段を駆け下りた。

「ふざけやがって」

腹の底から怒りが込み上げた。

銭村は、走り去った車を追うようにそのまま路上へ飛び出した。

すでに跡形もないのはわかっていても、追いかけたいという衝動だけが身体を動かした。

だが、その腕は強く掴まれ止められる。

「ここは俺たちが引き受ける。お前は先に奴らを安全な場所へ。事情聴取はあとだ」

「っ……はい」

車で尾行してきた西本たちは、すでに二手に分かれて犯人の追跡とその場の対応に当たっていた。パトカーや救急車のサイレンも響いてきた。銭村は奥歯を噛みながらも、憤る龍ヶ崎たちをワゴンへ押し込んだ。まずは自宅へ帰すことを優先するほかなかったのだ。

「とにかく車に。一度家に――あれ」

しかし、ここまで派手にやられて黙ってはいられなかったのだろう。龍ヶ崎や真木たちの顔つきがすっかり変わっていた。銭村が車内で確認するも、二人足りない。助手席に座っていた手下と柳沢の隣にいた若い側近が消えている。

「二人、あの二人をどこへやったんだ龍ヶ崎！」

「事務所に報告させに行っただけだ。安心しろ。草の根分けても見つけ出せとは命じたが、ぶっ殺せとまでは言ってない。まだな」

「――――っ」

銭村は息を呑んだあと、「そうか」としか返せなかった。

今は何を言ったところで、感情を荒立てるだけだ。こうなったら一刻も早く、何が何でも龍ヶ崎たちより先に、犯人なり組織なりを見つけて逮捕するしかない。

なにせ、これまでになく激怒しているのは龍ヶ崎だけではない。Ｄｏｇに至っては、この場で仕留めようと思えば仕留められたのだろう。銭村に向かってふっと微笑んだ。

この場に不似合な笑いだけに、背筋が震えた。

Ｄｏｇは固唾を呑む銭村の腕を摑んで引くと、そっと耳打ちしてくる。

「なぁ、いっそ神保に連絡しないか。そしたら俺は、お前抜きでも堂々と襲撃犯を撃つことができる。もっと簡単に敵を蹴散らせる」

「どういう意味……まさか、それって」

改めて出されたＤｏｇからの提案に、銭村は全身が震えた。

言葉の一つ一つを受け止め、そして嚙み締めながら彼の本意を探る。

「お前だってこれ以上犠牲は出したくないだろう。龍ヶ崎や傍にいる俺たちが巻き込まれるのは自業自得だ。けど、このままエスカレートしたら、なんの関係もない人間が巻き込まれるかもしれないぞ」

Ｄｏｇの左の頬には、今の爆風でできた掠り傷があった。それは甘みのある端整なマスクを一変して凶悪なものに見せる。そこへ隠し持っていた冷酷な眼差しが現れれば、Ｄｏｇは銭村が信じてきたフリーのスナイパーではなくなってしまう。

銭村の心臓が締めつけられるようにギュッと痛くなった。

どれほど彼の顔が近づいても、これはキスを誤解させるようなドキドキではない。この早鐘のような鼓動は、銭村が最も避けたいと願う事態への警告音だ。

「おそらく神保やその上なら、もっとうまく俺を使う。ここに俺がいると言えば、とっくに使っていたかもしれない。今回に限ってはよそから金も貰ってるし、激安で受けてやると言えばすぐにでも依頼してくるだろう。ん？」

銭村は、負けじとＤｏｇに顔を近づけ返した。

そして鼻っ面まで突きつけると、一度奥歯を噛み締めてから、覚悟のほどを言い放つ。

「いやだ。そんな依頼は絶対にしないし、させない。今のお前は特命と契約しているＤｏｇじゃない。龍ヶ崎を守るためなら手段は厭《いと》わない、先にそういう依頼をされている物騒な男だ。ここで上から許可を取るなんて、狙撃どころか射殺許可を出すようなものだ。何があっても俺は絶対にお前を殺し屋にはしない。絶対にさせない」

頑として姿勢も考えも変えるつもりのない銭村に、Ｄｏｇは目を細めた。彼の苛立ちや不満のすべてが銭村に向けられる。

だが、これだけは銭村も引くわけにはいかなかった。

「お前はプロのスナイパーだ。依頼で狙撃はしても、射殺はしない。それが俺の知るＤｏｇ、いざってときに頼れるパートナーなんだから」

理由は言葉にしたとおり。銭村にとっては、これ以外の何もなかった。

――――なぁ、いっそ神保に連絡しないか。そしたら俺は、お前抜きでも堂々と襲撃犯を撃つことができる。もっと簡単に敵を蹴散らせる。

Ｄｏｇが放った言葉の中には、彼の本心や思惑が表れていた。

彼が銭村を龍ヶ崎の傍に残すよう指示した理由。そして、あえて成り代わりなどと言って、自分の傍に置いた理由は、すべて自分の発砲を合法的に見せるため。いざ何か問題が起こったときに、さも銭村の発砲だったようにカムフラージュするためのものだ。

もちろん、これに関しては銭村が「自分が撃った」と強く主張する必要がある。

警察内部にそれをまかりとおすだけの力もいる。

だが、Ｄｏｇは銭村を介してならばそれができる。Ｄｏｇの存在を極秘にしている特命課報室や、そのパイプ役を務める神保の存在を知る銭村なら、誰に何を言われなくても必要に応じてそのような判断をして動く。また神保もバックアップに全力を尽くすからだ。

そうして、そこまで見越していたＤｏｇだから、西本や他の警官が警護に来ないよう銭村だけをわざとこの場に残させた。

龍ヶ崎がどこまで承知していたのかはわからないが、Ｄｏｇが銭村という刑事、そして彼が持つ拳銃を隠れ蓑に昨日、今日と発砲したのは確かだろう。

そしてそれは今後も同じことが言える。

仮にこの状態で特命諜報室がＤｏｇに射撃依頼なり許可を出せば、Ｄｏｇは自身の判断で射殺も実行できる。テロ同然に襲ってきた相手に対しての正当防衛、ましてや多数の民間人を巻き込む可能性が高かったという主張が通れば、Ｄｏｇの犯人射殺はやむなしだ。たとえ依頼が射撃のみであったとしても、状況によっては契約違反とは取られない。Ｄｏｇにしたって、そうしたときの抜け道ぐらい、初めから契約の中に織り込んでいるだろう。

そう考えれば、狙撃か射殺かはＤｏｇのさじ加減一つだ。

すべてにおいて命令系統があり、何をするにしても上への報告や許可がいる銭村とは違う。

だからこそ、銭村はここで自分が特命諜報室とＤｏｇのパイプ役になることはできなかった。

Ｄｏｇがその気になれば、勝手に連絡をしてしまうかもしれないが、そのときは全力で阻止すると決めていた。

Ｄｏｇに別の依頼者、目的のためには手段を選ばない依頼者がいる限り、警察がＤｏｇに依頼をとおして特別な待遇を与えるのは犯罪だ。どんなにターゲットが極悪非道な犯罪者であっても、殺人に加担するも同然だと思うからだ。


「たのもー」

由利が部下二人を連れて龍ヶ崎宅を訪れたのは、銭村たちが帰宅してから二時間後のことだった。

「龍ヶ崎、真木、柳沢はいる？　こんな時間に悪いんだけど、事情聴取だよ。すでに銭村にさんざん聞かれたことを聞くかもしれないけど、銭村は銭村、あたしはあたしだからさ」

豊満なボディーを包むタイトミニのスーツにハイヒール。赤みを増した艶やかな唇。普通に考えれば、どんなに極道そうに見える女性でも、本物の中に入れば「やはり違った。普通の女性だった」と感じるのが当たり前だ。

だが、由利はそうではなかった。出で立ちは普段となんら変わらないのに、ここに来て凄みが増した。かろうじて彼女の威厳を下げていたのは、お供してきた男性刑事たち。彼らがいなければ、それこそ門に立った段階で、どこぞの姐の出入りと間違われて通報されていそうだ。

彼女を待っていた銭村が、一番ビビッていたほどだ。

「鬼百合の登場ですね、組長。思った以上に目をつけられる羽目になりました」

「いい女なのにな。素人《しろうと》にしておくのはもったいないよな」

「俺に言えることは一つだ。油断するなよ、柳沢。真木」

龍ヶ崎たちのほうが由利との付き合いが長く、また彼女をよく知っていることが銭村にとっては救いだった。誰一人腹を立てることなく迎え入れてくれた。寛容以外の何物でもない。

「じゃあ、始めるよ」

応接間に腰を据えると、由利はお決まりのように当時の状況から確認した。

だが、それは最初のことだけで、話はすぐに事情聴取という名の検討会に変わった。

由利がここに来ている間も、西本たちは襲撃犯を追跡し、得られた情報はすぐに由利のスマートフォンへと送られてくる。

由利はそれらを会話に挟み込み、龍ヶ崎たちに捜査の進行状況をかなりオープンにした。その状態で、先方からも得られているだろう情報を聞き出しにかかったのだ。それほど今回の襲撃事件は、由利にとっても初めてのケースだと明かして。

なぜなら、最初の襲撃から数えてすでに三回目。しかも三日続けてだ。

全国的に抗戦中だというならまだしも、そんな話は過去のことだ。龍ヶ崎の父親あたりのときが最後で、今や表立って騒ぐ組織自体がごくわずかだ。何かするなら大概水面下だ。

仮に売名行為として騒ぎ立てる組織があるにしても、さすがに同一組織に対して三日連続はないだろう。それに、売名行為なら名前を出さなければ意味がない。

しかし、相手は完全に素性を隠しているのだ。そう考えると、これは組織同士の抗戦ではなく、龍ヶ崎個人を狙ったもの。もしくは、この三回の襲撃が必ずしも同一犯ではない。個々に別の目的を持った者が動いて、たまたま重なり合ったという可能性も否めない。

由利は龍ヶ崎に自分の考えも説明した。その上で、本当に思い当たる節や相手はいないのかと問いかけたのだ。

だが、返ってくる答えは変わらなかった。

「そうは言っても、思い当たる節が多すぎて」

――――これだけだ。

何をどうしたところで、堂々巡りだった。

もっとも、当てがあったところで彼らがそれを話すのかといえば、それはない。やられたら自らの手で倍にして返すのが常という男たちだ。犯人をみすみす警察に委ねることはない。

ただ、そんな彼らと銭村は昨夜から行動を共にしていた。

龍ヶ崎のもとに情報が入れば、多少なりとも空気が変わるだろう。どんなに彼らが口を割らずとも、そこで何かを感じるはずだ。

しかし、銭村はいまだに変化を感じない。だからまだ龍ヶ崎たちにも、これという情報が摑めていないとわかる。今はそれが救いだ。

由利は、龍ヶ崎の話にうなずく銭村を見ながら、「なら、また出直すよ」と、今夜のところは引き下がった。

銭村は席を立った彼女を見送りに玄関先までついていく。

今夜も月が綺麗だ。昨夜よりは少し肌寒いだろうか。

一歩出たところで由利が振り返る。すると改まったように聞いてきた。

「ところで銭村。警護を代わらなくていいのかい？　みんな心配してるし、龍ヶ崎にならあたしが話をつけるよ。いざとなれば奴に嫌とは言わせないネタの一つや二つは持ってるからね」

やはり経験の浅い部下を一人で残していくのが心配なのだろう。自ら出向いてきたのも、事情聴取に託け、様子を見に来たのかもしれない。

だが、銭村は由利の心配をよそに笑ってみせた。その笑顔は晩秋の月より明るい。

「でしたら、そのネタは切り札として取っておいてください。今以上に最悪な事態になったときに必要だと思います。それに、側近レベルの張りつきでなければ、勝手に警戒態勢は取っていいと言ってたじゃないですか。だから、俺はこのままで大丈夫です」

銭村は、事件が解決するまでは龍ヶ崎の傍から離れないことを由利に伝えた。

そして、龍ヶ崎について回った感想を含めて、自分なりの危惧も口にする。

「それより一刻も早く襲撃犯の特定と逮捕を。龍ヶ崎が直接動かすのは龍仁会だけですが、ここまで派手になってくると、他が黙っていないと思います」

「他？」

「はい。すでに警部もご存じだとは思いますが、龍ヶ崎は義理堅い男です。彼が誰かのために死を厭わない代わりに、彼のためなら死を厭わない男が関東内には山ほどいます。我々はつい義兄弟筆頭の鬼塚にばかり気を取られがちですが、頼まれなくても動くだろうと思われる男たちもけっこう多いんですよ。ただ、それで各自が勝手な捜査を始めたら、どこでどんな抗争の火種を作るかわかりません。これで襲撃したのが実は同業者だったなんてことになったら、確実に戦争です。相手の規模によっては、大戦争です。なので、そうなる前に警察で襲撃犯を一網打尽にしないと――――」

Ｄｏｇのことは話せない。由利が特命諜報室の存在を知る者なのか、どうかさえも銭村にはわからないのだ。

ただ、今は龍ヶ崎の警護だけがここにいる理由ではない。銭村にとっては、Ｄｏｇに一線を越えた仕事をさせないこと、それも自分の使命だと感じていた。

「とにかく、援護をお願いします。俺は何があっても龍ヶ崎を守ります。龍ヶ崎はターゲットであると同時に、戦争のストッパーです。彼が無事でさえいれば、憤る男たちもどうにか抑えられますので」

銭村の率直な意見や意志を聞くと、由利は「そう」とだけ言った。

「意気込みは立派だけど、自分のことも顧みるんだよ。決して無茶な行動だけは取るんじゃないよ。龍ヶ崎が殺られて極道が騒ぐなら、あんたが殺られて騒ぐのはあたしたちだ。くれぐれもそれを忘れるんじゃないよ。いいね」

「はい」

最後にこれだけはと注意はしたが、あとは「なら、任せたよ」と肩を叩いて、部下を引き連れて帰っていく。

玄関から門までの砂利道にヒールを取られることもなく、さっそうと歩いて去っていく姿は見ているだけで心強い。

銭村は、由利の姿が見えなくなるまで見送った。

そして振り返ったときには、銭村たちの様子を窺っていただろう真木に向かって頭を下げる。

「――――ってことで、しばらく見知った顔が近所をウロウロするけど、みんなには気にしないように言っておいてくれるとありがたい。よろしく」

真木は真新しい浴衣《ゆかた》を小脇に抱えて、上がり框《がまち》から銭村を見下ろしていた。

「そう見せかけて、実はうちの内情を探ってるなんてことは？」

「今は襲撃犯逮捕が最優先だ。だから、この機に乗じて別の部署が勝手な真似をしないように手は尽くしてもらってる。ただ、ここと違ってうちにはごり押しをしてくる連中もゴロゴロいる。だから、万が一にもそういう連中の動きが見えたら俺が追い払う。これは約束する」

自然と見上げる形になった銭村に対して、目線だけで「早く上がれば」と合図する。

「それこそ無理しないほうがいいんじゃねぇの。ここは違うんだからさ、警察は」

「俺は口にしたことは実行する。ヤクザ相手でも嘘はつかないし約束も破らない」

銭村は恐縮しながらも上がり框へ上がった。

すると肩を並べた真木がぶっきらぼうに言う。

「ふーん。まぁ、それなら余計に鬼百合に言われたことは忘れないことだな。龍ヶ崎義純が殺られたら、俺たちが黙ってない。けど、ここでお前がヘマして殺られたら、黙ってないのは鬼百合たちだけじゃなく、龍ヶ崎義純も一緒だ。そうなったら一番厄介だぞ」

「？」

一瞬なんのことかと首を傾げた。

「お前が義理堅いって言った龍仁会四代目は、たとえ警察相手であっても義理はとおす。たとえ公務であっても、自分のために命を張った男に対して、不義理な真似はしない。何かあれば弔い合戦をやらかすぞって話だ。けど、それって本末転倒だろう」

――だから、お前も命は大事にしろ。無茶はするな。

そう言われて、銭村は胸がキュンとなった。

なんとなくではあるが、一番取っつきにくかった真木の心遣いだったこともあり、余計に嬉しくなったのだ。

「それに、お前が警部になるのを楽しみに待ってるヤクザ連中は、けっこういるらしいからな。馬鹿は本当に馬鹿な理由だけで暴れられるんだ。そこも忘れるなよ」

「ありがとう」

心から感謝の言葉が出てくる。

真木も満更ではなさそうだ。

「ところでＤｏｇは？　由利警部が来たあたりから消えたけど」

「ちょうどいいって風呂に逃げてたから、もう上がって一杯やってるんじゃないのか。どうせだからお前も入れよ」

銭村がＤｏｇのことを訊ねると、真木が手にしていた浴衣を渡してきた。

気持ちは嬉しいが、噴き出しそうになる。

「俺は仕事中だよ」

「小汚いカッコでいられても、屋敷の中が汚れるだろう。それに、明日も俺のふりを続けるなら、せめて小綺麗にしておいてもらわないと。ルックスまではどうにもならなくてもさ」

言われるまでもなく、銭村だけが襲撃を受けたままの姿で着替えをしていなかった。

何を言われても言い返せない。小汚いものは小汚い。浴衣を押しつけられて、「あっち」と命令されれば、戸惑いながらも風呂場へ向かうしかない。

こうなったらシャワーだけでも浴びて、すぐに仕事に戻るしかないかと諦《あきら》めた。

『なんだよ。急に優しいことを言ったと思ったら、上げて落とすタイプかよ。どうせ俺は、どうにもならないルックスだよ。超カッコよかった兄貴とも似てなかったしな』

そうしてたどり着いた脱衣所兼洗面所は、まるで老舗《しにせ》の温泉旅館にでも来たような豪華さがあった。すべてが総檜造《そうひのきづく》りで、足を踏み入れた途端に檜特有の香りがした。森林浴にでも来たような気持ちになり、自然と銭村の顔も弛《ゆる》んだ。

『それにしたって、どこの世界にヤクザの家に泊まり込んで風呂まで入る刑事がいるんだか』

衣類を脱ぐと軽い足取りで奥の浴室の扉を開けた。

その瞬間、中でシャワーを浴び終えた男が振り返り、嫌でも目が合った。

背中一面の色鮮やかな刺青。龍をも従える徳叉迦《とくしゃか》竜王《りゅうおう》を背負った男——龍ヶ崎だ。

「ごめんっ」

銭村は反射的に扉を閉めた。別に男同士だ、間違えて女風呂に踏み込んだわけではないのだからと思うが、これは銭村の本能だった。

本人も力説していた遺伝子内に組み込まれているだろう、危機管理能力が働いたのだろうが、逃げるようにして脱衣所に戻った。

しかし、閉めた扉はすぐに開かれ、龍ヶ崎が上がってくる。

「なんだ。もう、終わったから気にしなくていいぞ」

目の前に立たれて、一気に頭に血が上った。

至極当たり前の話だが、龍ヶ崎は何一つ纏ってはいなかった。

何を着ていても腹が立つほどいい男だが、こうして見れば素の彼に敵う衣装などないに等しい。

まさに水も滴《したた》るいい男だ。

しかも、威嚇でしかないと思っていた刺青がこんなに美しく、また芸術的な感動を与えてくれるものだったことを銭村は初めて知った。それだけでも感動と焦りで頭が混乱してきているのに、今の龍ヶ崎にはもっと銭村を混乱させるものがあったのだ。

「どうした？　男の裸を見て顔を赤くする趣味でもあったのか。ん？」

「び、びっくりしただけだよ。いると思わなかったから。俺、入るから覗くなよっ」

銭村は逃げるようにして、今度は浴室へ飛び込んだ。

「誰が覗くか。覗くぐらいなら襲うって」

扉の外で龍ヶ崎が笑っていたのが聞こえた。

だが、今はそれどころではない。銭村は浴室に入った途端に、両手をついてへたり込んでしまった。そして、真顔でぼそっと漏らす。

「あ、あの噂ってほんとだったんだ…。あいつ、あんなところに刺青してたんだ」

銭村はこれまでになく思い詰めていた。心臓がドキドキして止まらなかった。

ここまで銭村を追い込んでいるのは、龍ヶ崎自身にあると噂が立っていた龍の刺青だ。

それをたった今、見てしまったのだ。

背中の刺青だけでも十分驚くだろうに、ペニスに入ったそれには驚愕するほかない。

冷静になれば、だからどうしたという話だが、今は混乱の真っただ中だ。銭村には衝撃が大きすぎて、頭にそればかりが巡ってしまった。

「いや、待て。落ち着け、俺。とにかくシャワーだ。風呂だ。落ち着けば、このドキドキも治まるかもしれない。とにかく落ち着け」

自分に言い聞かせるようにシャワーを浴びて、身体を洗った。

髪も顔も洗って、入る予定のなかった檜の浴槽にもしっかり入った。

しかし、その間も銭村の頭の中から、龍ヶ崎のアレが消えることはなかった。

「これって、報告しといたほうがいいのかな。でも、確認しましたって言うのも、改めて公式データに記載するのも抵抗があるよな。いや、そもそもあいつは前科持ちだ。俺が診てなかっただけで、ちゃんとデータに載ってるのかもしれない」

体育座りのまま湯船に浸って、どうしたものかと考える。

「それにしたって、なんであんなところに刺青なんか。真珠やシリコンはけっこう聞くけど、さすがに刺青はなぁ。痛くなかったのかな？　痛いよな、絶対に……」

どれだけ考えたところで、これという答えが出るはずもない。それなのに、他に発想が切り替わらないから、銭村は悶々とするまま湯船に浸り続けてしまった。

こんなの尊敬と羨望の対象だった兄・芳一が隠し持っていたＡＶを、偶然見つけてしまったとき以来の衝撃だ。取って返せば、中学生並みの悩みということだ。

そうして一時間後。

「おい。仕事中のわりにはずいぶん長風呂……、っ誰か――――っ！」

銭村は湯船の中で意識を失い、危うく溺死しかけたところを真木に救出された。

ここに来て、いったい何をしてるんだという話だが。もう少しで救急車を呼ばれて、病院へ運ばれるところだった。


意識を取り戻した銭村が、最初に目にしたのはＤｏｇの呆れた顔だった。

頭も身体も熱くて意識が朦朧《もうろう》とした。だが、不思議と不安はなかった。むしろＤｏｇを見た瞬間、安堵さえした。

「伝説を作ったな。ヤクザん家の風呂でのぼせるって、大した度胸だ。どれだけ緊張感がないんだ、お前って奴は」

「ちょっと考えごとしてたんだよ」

銭村は浴衣を羽織った姿で、布団にきちんと寝かされていた。

Ｄｏｇは浴衣を羽織った姿で、銭村の隣で身体を横にしていた。自分の腕を枕に、火照《ほて》った銭村の顔を団扇《うちわ》で扇《あお》ぎながら、一応は診てくれていたらしい。いったいどれくらいこうしていたのかはわからないが、屋敷全体からは寝静まった気配が漂っている。

「龍ヶ崎の全裸を見て？　どんな妄想だ」

「捜査のことに決まってるだろう。別に、奴のアレに興味なんかねぇよ」

「俺は奴のアレなんて言ってない。アレってなんだ」

Ｄｏｇがパタッと団扇を置いた。

急にムッとしたかと思うと、身を乗り出してくる。

「顔が近い。いちいち傍に寄らなくたって聞こえるって」

キスまであと十センチ。ここまで覗き込まれると、ドキリではすまされない。

こうなると彼に対しての安心は微塵もない。銭村は布団から手を出し、Ｄｏｇの肩を押した。

そうでなくても火照った身体が熱くなる。それは彼の身体と自分の身体が重なりを増すごとに上がっていく気がした。

「嫌だね」

「離れろって」

「嫌だ。俺はお前のパートナーなんだろう。こっちは妥協に妥協を重ねて、ちゃちなエスコートで我慢してやってるんだ。その鬱憤《うっぷん》ぐらいは晴らさせろ」

小競り合ううちに、Ｄｏｇが銭村の布団を剝いだ。羽織らされていただけで帯のない銭村の浴衣は、それと一緒にめくれ上がった。

身体の半分が露出し、慌てて合わせようとするも、その手をＤｏｇに摑まれる。

「どんな言いがかりだよ」

「こんな言いがかりだ」

焦る銭村の腕を引き寄せ、Ｄｏｇがその手首にキスをした。

二の腕に唇を、そして濡れた舌がツッと這い、銭村は初めて性的な危機感を覚えた。

「っ…、やめろって」

これまでにも抱きしめられたり、睡眠薬を飲まされたり、それらしいアプローチは受けてきた。Ｄｏｇ自身「男好き」だと口にしているし、銭村に自覚がなかっただけで、すでに彼の誘いは始まっていたのかもしれない。

だが、単純に「いいものはいい」と感じる感性はあっても、銭村は同性に恋したことがない。ましてや同じ肉体を持つ相手に欲情した経験はなく、当然押し倒されたのもこれが初めてだ。

乱れた浴衣の狭間でもがいた脚の間にＤｏｇの片足をねじ込まれる。両の内腿でＤｏｇの素肌を感じて、未知の恐怖が込み上げた。

「ふざけるのも大概にしろ‼」

咄嗟にＤｏｇの浴衣の合わせを摑むと、覚えのある柔道の返し技をかける。

「――――っ」

タイミングが遅すぎたのか、逆にがっちりと押さえ込まれて、ますます身体が密着した。

考えたくないが、下肢と下肢が絡み合う。

下着さえつけていない、浴衣一枚を羽織っただけの陰部が時折擦れ合って、そのたびに痺《しび》れた。

まるでそこから電流が発せられているように、Ｄｏｇ自身と擦れたかと思うと、銭村は自身にビリビリとしたものを感じたのだ。

「本気で嫌がるなよ。傷つくだろう。それに、ここにいる限り〝俺は龍ヶ崎〟で〝お前は真木〟だ。夜になったらいちゃつくのも仕事のうちだ。どこから誰が覗いているかわからないからな」

Ｄｏｇが諭すように、それでいて惑わすようにふふんと微笑《わら》う。

「どんな言いがかりなんだよ。だいたい龍ヶ崎と真木がなんて、そんなはずないだろう。どっちも女には事欠かない色男じゃないか。二人で絡む理由がどこにあるんだよ」

溺れる者は藁《わら》をも摑むではないが、銭村はムキになって言い返す。

どうでもいい話で場を濁し、どうにかＤｏｇの拘束から逃れようと足掻《あが》きもがく。

「それ、本気で言ってるのか。お前、ちゃんと龍仁会のデータを見てるのか。それとも警察のデータに間違いがあるのか」

そんな銭村の意図など、そもそも見越されているのだろう。Ｄｏｇは銭村が暴れようがおかしなことを言おうがお構いなしだ。銭村の生乾きの髪をかき上げ、その額に唇を落とし、抵抗さえ同意に変えてしまいそうな愛撫を仕掛けてきた。

これならいっそ、睡眠薬で眠らされるほうがどれほどいいかわからない。

まともにキスを迫られるぐらいなら、口移しで薬を飲まされるほうが健全だ。

ましてやこれを成り代わりの延長だと言われるなんて、こじつけもいいところだ。

銭村は「いい加減にしろ」と更に暴れた。

「見てるよ。間違ってないよ。真木がもともと鬼塚の右腕だったことも知ってるし、龍ヶ崎が四代目を継いだときに、いろいろ大変だったから人事異動になったんだろう。ようは、組長同士の五分杯の延長で、二つの組の友好大使みたいなもんだろう。あの真木が」

Ｄｏｇが急に噴き出した。

「それを当事者に聞かせてやったら、一年は酒の肴《さかな》に事欠かないだろうな。もういい。説明するのも面倒だ。一緒に来い」

突然身体を起こして、浴衣の乱れを直した。

「なんだよっ」

銭村の右腕を摑むと、強引にその場から起こして部屋の外へ連れ出した。

「放せよ、どこへ行く気だよ」

薄暗い廊下を迷うことなく進むＤｏｇに引っ張られ、銭村は残された左手で、はためく浴衣の前を必死に合わせる。

そうして、Ｄｏｇが襖で閉じられた部屋の前で止まると、「ここだ」と言って中へ入った。

「え、――――ん！」

摑んでいた腕を放すと、今度はその手で口を塞がれた。

「んんっっ」

静かにしろと合図されて、そのまま畳の部屋を突き進む。二十畳ほどのスペースを歩ききったところで、Ｄｏｇが続き部屋の襖を少しばかり開いた。

銭村は浴衣の合わせを両手で握り締め、背後から抱きしめるように口を塞がれた状態で隣の部屋を覗かされた。

最初は薄暗くて、なんだかよくわからなかった。

だが、そこからは他人の息吹が感じられた。それも一人ではない、複数だ。

「────何、いきなりあいつに優しくなってるんだよ」

「あんたが気を遣う分が減るかと思っただけだよ」

銭村が耳を澄ませると、部屋の奥のほうから話し声が聞こえてくる。どうやら奥の布団で寝ているのは龍ヶ崎と真木だ。

次第に目が慣れてくると、二人の身体が重なり合っているのがわかった。そこへ、夜空の雲が流れたのか、窓の障子越しにうっすらと月明かりが差し込んだ。

月明かりに浮かんだ二人の姿は、かなりクリアに銭村の目に映った。が、それがすごすぎて、銭村は悲鳴も上げられなかった。

ただただ絶句したまま目を見開いてしまう。

二人は何事からも解放されたように、衣類を身に着けていない。生まれたままの姿で愛し合っている。

「俺に構わせないようにってことか？　嘘をつくな」

「あんっ！」

龍ヶ崎と真木が身体を重ねていたのは、いわゆる６９の体勢だった。

仰向けになった龍ヶ崎の股間に顔を埋めるようにして、真木が彼の身体を四つん這いの姿勢で跨《また》いでいた。

剝き出しになった真木の尻を開いて撫でつけながら、龍ヶ崎が口づける。

濡れた舌が這うたびに、淫靡な音が吐息と混じる。

そうして真木の密部に、時折指を差し込んでいるのがわかった。

「妙な情が湧いたんだろう。そうでなくても、お前は上に厳しくて下には甘い。あいつ、よく考えたら年下だもんな。しかも、見た目も性格も犬っコロみたいだし」

「義純っ」

龍ヶ崎の指が深々と入り込み、後孔を抉《えぐ》るようにして蠢《うごめ》くと、真木は腰を揺らしながら甘い吐息を漏らし続けた。

まるでもっとと強請《ねだ》るように、妖《あや》しくくねらせる。

龍ヶ崎はそんな真木を見ながら、特に動じることはない。淡々と行為を繰り返しながら、真木の変化を観察しているようにも見える。

「まあ、考えようによっては、いいスパイスか。俺が構えばお前が妬く。お前が構えば俺が妬く。Ｄｏｇに目がいかなかっただけ褒めてやるほうが、いろんな意味で有意義そうだからな」

「はぁっ、そこっ……だめっ」

声を上げると同時に、真木が背筋を反らした。

自身を支える肢体が震えて、見ている銭村のほうまで身体が震えた。

「何が駄目なんだよ」

「聞くな、馬鹿っ」

それでも、龍ヶ崎の愛撫は淡々と続く。

銭村はどうしていいのかわからないまま、自然と潤ってきた口内の生唾を飲んだ。

それを感じ取ったＤｏｇが笑う。

「あっ――――、もう。足りない……。早く、来いよ」

「欲しかったら自分で入れろ」

「なんだよ。義純だって俺には優しくないじゃないか」

堪え切れなくなったのか、真木が四つん這いのまま前へ移動した。

「ったく……、んっ」

ちょうど龍ヶ崎自身の上で上体を起こすと、そのまま彼自身を摑んで自分の後孔へ導いた。

月明かりに浮かんだ真木の背中にも刺青がある。

あえて向き合わないのは、それを龍ヶ崎が好んでいるからだろうか？

真木の背中には、まるで龍ヶ崎のそれと対《つい》のような美しい刺青が描かれている。

『桜吹雪、昇り龍を従えながら祈りを捧げる美しい天女？　あ、木花開耶姫命《このはなさくやひめのみこと》か。確か、徳叉迦竜王とは対の姫様だ』

銭村は、その色めきの中に刻み込まれた真木の覚悟のようなものを感じて、目を逸らすことができなかった。

「奥まで届いたか」

「ああ」

真木が龍ヶ崎自身を呑み込むように自分の中へ収めてしまうと、龍ヶ崎が真木の背や腰を撫でつける。

「……いい。まだ、動かなくていい。少し、このまま感じたい。あんたの龍を、俺の中で」

「馬鹿を言え。俺がもたねぇよ」

一瞬美しく見えた真木の身体がいやらしげに揺れ始めた。

「んんっ――――っ」

龍ヶ崎から送り込まれる振動、そして快感に、真木の身体もつられるように揺れ動く。

「義純っ、ぁあっ、義純っ」

徐々に動きが激しくなるが、そこで襖は閉じられた。

銭村が驚くと、Ｄｏｇが銭村の口を塞いだまま、熱く火照った身体を撫でつけてきた。

いつの間にか反応してしまったペニスを探られ、銭村がビクンと身体を震わせる。

「わかったか。真木がここへ来たのは、こういう理由だ。二つの組の楔《くさび》であることに間違いはないが、実際は――――…」

「ん、んんっ」

口元から手を放したかと思うと、代わりに深々と口づけられた。

抵抗を試みるも、思考回路までもがヒートアップしたのか、身を捩るだけで精一杯だ。

「――――っ」

Ｄｏｇは銭村の唇を奪ったまま、その身体を抱き上げた。

慌てて手足をバタバタさせるも、足早にもとの部屋へ戻される。

「何するんだよっ」

「セックス」

「何⁉」

布団の上に放り出されて、慌てて浴衣の前を握り締める。

だが、自分のほうが完全に劣勢なのは、銭村にもわかっていた。Ｄｏｇは帯をほどくと浴衣を足元へ落とした。

悪そうな目つきで笑うと、次の瞬間にはのしかかってくる。

冗談抜きでやる気だ。銭村は全力で逃げようとして、呆気なく組み伏せられる。

「あんなの見たら収まりがつかないだろう。下手なＡＶ観るより、その気になっただろうしな、お前も」

Ｄｏｇの裸体は、見ているだけで圧倒されそうな肉体美だった。

龍ヶ崎に勝るとも劣らない。だが、鍛え方が違うのは月明かりの中でもわかる。こうしてのしかかられたら尚更だ。

Ｄｏｇの肉体はスリムであっても、鋼のような筋肉で覆われている。犬は犬でも、鍛え抜かれたドーベルマンのように強靱でしなやかだ。無駄なものが何一つない、戦闘用の肉体だ。

「な、何言ってるんだよ、勝手に見せといて。俺は全然そんな気ないし、なるわけないだろう」

銭村は、この段階で自分が男として圧倒され、完全に萎縮させられているのを全身で感じてい

た。このままでは自分が女にされる。そんな恐怖の中で足掻くものだから、身につけているはずの柔道も空手も役に立たない。完全に使い方を忘れてしまっていた。

「嘘をつけ。すっかりその気になってるくせに。男の欲情がごまかせないのは、自分だってわかってるだろう」

「これは違うし、奴らとは関係ないし」

無駄な抵抗だとわかっていても、銭村は下肢を探るＤｏｇの手を払い続けた。

武器を持って戦ったところで敵わない相手に、丸腰で迫られたところで敵うわけがない。

普通の戦闘であっても踏みにじられるのがわかっているのに、寝技となったらどうにもならない。女性相手であっても大した経験のない銭村では、開き直って襲ったところで蹴散らされるのが関の山だ。

「なら、これは俺に対して発情してるってことか。そりゃあ嬉しい」

一度獲物を捕らえたら逃がさない、必ず仕留めるその手でペニスを摑まれ、銭村は声を荒らげた。

「そんなの、もっとないって」

悲鳴にも近い意識で発したはずの声が、どうしてか喘《あえ》ぎ声のように響いて聞こえ、余計に錯乱した。こんなに必死で抵抗しているのに、身体は火照り性器は膨《ふく》らみどうにもならない。

「自惚れるのも大概に、――――んんんっ」

無我夢中で抵抗するうちに口づけられて、銭村の口内には例のソフトカプセルが移された。

いったいどこから出してくるんだと思う間もなく、舌先で押し込まれる。

だが、これはすでに三度目だ。中身が強力な睡眠薬であることはわかっている。

銭村はＤｏｇの身体を押し返すと同時に、口内でもカプセルを彼のほうへ返そうと舌を使った。これをうまく返してしまえば形勢は逆転する。この危機から逃れられるという一心からだった。

「んんっ、んっ」

タイムリミットは約三秒。絡み合う舌の中でカプセルが行き来し、吐息が混じった。

しかし、最後は押しの一手で飲まされた。喉の奥に唾液とは別の液体が流れ込んだのがわかった。銭村の必死の抵抗は、キスが濃厚になっただけで意味をなさなかった。

Ｄｏｇが勝ち誇ったように笑って見下ろす。

それを見た瞬間、銭村は諦めたように自ら瞼《まぶた》を閉じた。Ｄｏｇの腕に爪を立てた両腕からも自然と力が抜けていく。

「やっと服従する気になったか」

耳元で囁《ささや》かれてハッとした。カプセルを飲まされたのに眠くならない。

「お前…、何を飲ませたんだ」

諦めが一変して恐怖に変わった。

「素直に気持ちよくなれる媚薬」

「――――っ」

銭村は全身が震え、それでいて熱くなった。

心なしかペニスがこれまで以上に膨らみ、口内の渇きも増したように思える。

「初めて会ったときから気に入ってたんだ。こうして抱いてみたいと思ってた。あの日、トワイライトの中に現れたお前が劇的で。何か運命みたいなものを感じて……」

甘い囁きと共に髪を撫でられ、銭村はその手を振り払った。何をされても自分がおかしな反応をしてしまいそうで、ただ怖い。身体を捩って逃れようとした。

「ぁっ」

Ｄｏｇは銭村が背を見せると、羽織っていた浴衣の袖を摑んで両腕を引っ張った。その勢いで銭村の両腕を後ろで組み、脱げかかっていた浴衣の袖を絡めて拘束してくる。

それでも逃げることを諦めない銭村の左脚を摑むと、力任せに引いて身体を返す。

「やっ！」

仰向けにされて、摑まれた脚を彼の右腕から肩にかけられ、残りの右脚はＤｏｇの左膝で押さえられた。下肢の動きが取れない。手も足も出ない状態ですべてがＤｏｇの目に晒《さら》される。

「やめろっ。いやだ、放せ！」

羞恥心さえ刺激になるのか、反り上がった銭村自身がピクピクと震えた。

それが恥ずかしくて、肢体が震える。銭村にとっては悪循環なんてものではない。

だが、Ｄｏｇの眼差しはそんな恥部は見ていなかった。彼がこの場でロックオンしたのは、銭村の視線。これ以上逃げることも逸らすことも許さないと言わんばかりに、両目をしっかりと合わせてから捕えた脚に頬を寄せてきた。

飲まされた薬のためなのか、それだけでも背筋が震えて銭村は仰け反った。

それを見下ろし、Ｄｏｇは頬を寄せたふくらはぎに音を立てて口づける。

「放せっっ」

Ｄｏｇの唇がふくらはぎから腿の内側へ、そして脚の付け根へと這ってきた。

口では「いやだ」「放せ」と抵抗しながら、銭村自身は早く触れてほしくて泣きそうになる。

すると、今にも先走りそうなペニスにＤｏｇの左手が伸びてきた。このまま弄《いじ》ってほしくて強《ね》請《だ》るように腰が揺れる。

銭村は、これほど強い欲情と今にもくじけそうな意地が葛藤するのを知ったのは初めてだった。

喉ばかりが渇き、そのたびに唾液を集めて飲み込んだ。それでも、またすぐに渇く。

「ずっと欲しいと思っていた。お前のことが」

握り込まれて扱《しご》かれて、銭村の全身がびくりと跳ねた。

心も身体も欲情も、何もかもがＤｏｇに摑まれ、支配されていくのがわかる。

「ふっ、ふざけるなこのエロ犬っ。ただ、やりたいだけだろう」

銭村がかろうじて踏ん張っていられたのは、「欲しい」と言ったＤｏｇの言葉が、この場の社交辞令だろうと思えたから。彼が何を言おうが、しようが、すべてはこの場を面白おかしく過ごすため。罪悪感なく快感を共有するためで、それ以外の何物でもないと確信していたからだ。

「エロ犬は酷いな。こんなに尽くしてやってるのに。恩をあだで返すと飼い犬でも嚙むぞ」

Ｄｏｇは脚の付け根にキスすると、そのまま反り返ったペニスの根元に舌を這わせてから甘嚙みしてきた。彼の唇や濡れた舌が触れただけでもどうにかなりそうだと思うのに、本当に歯を立てられて嬌声が上がる。

「やぁっ……っ！」

覚えのない痺れが一瞬にして全身を駆け巡った。

焦らされ続けた欲望が弾けて、体内を巡った痺れが白濁と共に体外へ飛び散る。

思いの外勢いよく放たれた快感は、銭村に味わったことのない絶頂感と同じほどの刹那をもたらした。

理性ではごまかすことのできない愉悦が吐息となって、銭村の口元から漏れる。

だが、それさえ今はＤｏｇの欲情を煽る極上の誘い文句だ。

「これまで聞き分けのいい美男しか食ったことなかったが、こうしてみると悪食に走るのもいいもんだな」

腹部に散った白濁を掬《すく》うと、Ｄｏｇはその手を銭村の胸元へ伸ばしてきた。

いつになく尖った果実の一つを撫でつけ、滑らせては摘み上げて爪を立てられた。

「やっ！」

弱点だとわかりきっている自身への愛撫より、胸を責められて感じることのほうが罪悪に思えた。

銭村の反応に気を良くすると、Ｄｏｇは抱えていた脚を下ろして、前のめりに覆い被さってくる。

「やだっ、誰かっ。痛いっ……噛むな、摑むな馬鹿っ」

片方をきつく摘まれ、片方を唇と舌で愛され身を捩る。

認めたくないと思えば思うほどそこに意識が集まり、感じてしまう。もう、どちらを弄られ嚙まれているのかさえわからない。

「このエロ犬っ……っ」

時折Ｄｏｇの舌が尖った部分を濡らし、いたずらに吸い上げる。そのたびに一度は達して落ち着いたはずの銭村自身が頭をもたげて、下肢で威嚇し続けるＤｏｇのそれと絡み、そして擦れ合った。

――もう、駄目だ。またイく。

そんな予感に身悶《みもだ》えると、ふと胸の片方が解放された。

「ふぅ……なっ！」

一瞬安堵するも、今度は身体の一番深いところを弄られ、探られた。Ｄｏｇの利き手が下肢へ伸び、陰嚢の奥を探って後孔を捕えたのだ。

「なかなか感度もいい。喜んで絡みついてくる」

「入れるなっ、そんなとこに――っっ」

入口を見つけ出した指の一本が、躊躇《ためら》いもなくズブリと奥まで差し込まれた。

痛みはないが違和感はある。だが、その違和感は抽挿を繰り返されるたびに、奇妙で甘美な心地よさを生み出した。これならいっそ痛いほうがまだ救われると思う。

「どんなに気持ちで逆らったところで、身体は服従してる。どうせ薬の力には敵わないんだ。これまで眠りに堕ちたように、今夜は快感に堕ちればいいだけだ」

「――――やっ、ぁぁっん。やめろっ」

中を弄られる心地よさが快感に変わっていく。

犯されているはずなのに、精神的な苦痛よりもはるかに肉体的な快感のほうが大きいから始末に悪い。

罪悪感が胸を締めつけ、呼吸をとぎれとぎれにしていく。

「……んっ…っ」

いっそう喉が、口の中が乾いていくところへキスをされて潤いを貰う。

それがまた罪に思えて、どこかへ逃げ出したくなってくる。

「そろそろこれだけじゃ物足りなくなってきただろう。我慢する必要はない。お前はもう堕ちている」

意地悪そうに確認しながらＤｏｇが解れた後孔の奥を抉った。

勢いよく指を引き抜いたかと思うと、代わりに行き場を求め続けて充血していたペニスの先を宛がってきた。

「あとは真木みたいに欲しがればいいだけだ。この俺を」

「やだっ、誰がお前になんかっ」

――――繋がる。このままでは二つの身体が、本来繋がるはずのない身体が強引に繋げられる。

そう悟った瞬間、銭村は今一度肩を揺らし、腰をねじって逆らった。

「強情だな。まぁ。そこがいいんだが」

無駄な抵抗だとわかっていても、逆らい続ける銭村の片脚を抱えて、Ｄｏｇが無理やり入り込んできた。

心地よささえ覚えた指とはあまりに違う圧迫感に、銭村は呻《うめ》き声にも似た悲鳴を漏らす。

「目が合っただけで言いなりになるような奴はもう飽きた。こうして意地を張ってくれるぐらいのほうが、攻防があって楽しい」

「ぁっ……っっ。やめろっ、逮捕する……ぞ」

身体の中心に熱した杭でも打たれて裂かれるような痛みに、銭村はたびたび奥歯を噛んだ。

だが、これまで感じた愉悦に比べて、痛みは罪悪感がなくて楽だった。

甘く疼《うず》く心地よさには困惑するしかなくても、痛みだけなら耐えられる。こんな形で逆らいきれない快感をよこされるぐらいなら、激痛のほうがまだましだと思えたのだ。

しかし、そんなささやかな救いさえ、Ｄｏｇはすぐに銭村から取り上げた。

「逮捕するならすればいい。ただし、俺は安っぽい手錠にはかからないぞ。本気で捕まえたいなら、ここでキュッと拘束しないとな」

「っ！」

刺激に、快感にもっとも従順なペニスを摑まれ、ゆるゆると愛される。

途端に痛みが緩和し、それどころか甘みを引き立てるスパイスのようにさえ感じられた。

「さ、わかったら捕まえろ。俺をお前自身で繋ぎ留めろ」

そうして、Ｄｏｇの空いたが手が胸元に伸びたときには、銭村は何かを諦めたように両目を閉じた。

「まずは朝まで――――な」

抱きしめられてキスをされたときには、考えることを放棄した。

「んんっ……っ、んっ」

味わったことのない快感に流された。

逆らうよりも同意で得られる未知なる愉悦に気持ちも身体も流されて、今夜はどうすることもできなかった。

4

チュンチュン――――チュン。

昨夜はどのあたりで意識を失くしたのか、また眠りに就いたのかはわからない。

だが、龍ヶ崎の殺人予告の四日目を迎えた朝、銭村はやけに清々《すがすが》しい鳥の鳴き声を聞いて目を覚ました。

「鳥が鳴いてる。夢か？　あれは全部、夢？」

あまりに淫《みだ》らで無茶苦茶な一夜だった。そのためか、起きた瞬間に現実逃避に走る。

これまでにも目が覚めたら夢だった、なんだ…と一喜一憂したことならいくらでもある。

だとしたら今朝だってと勢いよく身体を起こすが、臀部に走った鈍痛は銭村に一筋の希望の光さえ与えてくれなかった。気怠《けだる》いとしか言いようのない下半身は、セックスの余韻であり昨夜の名残。銭村は再び布団に倒れ込むと枕に顔を埋めた。

いくら風呂場で倒れた挙げ句に人様の寝間を覗き、興奮しきった上に媚薬を飲まされたからと言って、これはない。人としても男としても警察官としても、全部あってはいけないことだろうと、ただただ泣きたくなってくる。

「悪夢だ。悪夢としか思えない。よりによってＤｏｇと。それもあんな薬のせいで俺は……」

どんなに頭を抱えようが落ち込もうが悲愴感より絶望感が起こるのは、途中から完全に快感に流された自覚があるからだ。Ｄｏｇに言われるまま愉悦に堕ちた。抵抗もないまま数えきれないほど絶頂感を味わった。その余韻が今でも身体の中に残っているのだからどうしようもない。しかも、寝室に残されているのは銭村一人だ。部屋の明るさを見ても、二日も続けて寝坊をしているのは自分だけだろう。

きっと今朝もＤｏｇは涼しい顔をして、龍ヶ崎たちと朝食をすませているに違いない。

それを思うと、腹立たしいよりただ凹む。時間厳守の公務員がいったい何をしているんだと、余計な枷《かせ》まで自分にはめ込み「あーもーっ」と呻く。

それでもこれが現実だ。仕事でここにいるのだから、起きて仕事をするしかない。

銭村は奥歯を噛み締めると、今一度身体を起こして両手で顔を叩いた。

一刻も早く目を覚まして気合いを入れ直そうと、何度も顔を叩いてからあたりを見回した。着替えを探すためだ。

すると、いったい誰が用意してくれたのか、銭村の枕元には真新しい下着から昨日買い取ったスーツセットまでがきちんと揃えて置かれていた。

シャツの上には何か薬瓶のようなものまである。

「なんだこれ？」

風呂場で倒れた自分への配慮だろうか、手に取って確認した。中身はソフトカプセル入りのタイプだが、ラベルにはしっかりとビタミン剤の表示があった。

銭村は瓶を握り締めて確信する。

「あ、やられたっ！　プラシーボだ」

プラシーボ。別名プラセボ、偽薬とも呼ばれる〝思い込み〟による効果のことだ。

それこそ「病は気から」ではないが、銭村はただのビタミン剤を媚薬と思い込んだがために、昨夜はタガが外れた。途中で抵抗することさえ諦めて、Ｄｏｇに流され快感に溺れた。これはその証だ。

「こんなものに引っかかって俺は……」

だったらいっそ昨夜のご乱行は媚薬のためだった。逆らいようのない状態だった。仕方がなかったのだと死ぬまで信じさせてくれればいいものを――――。

Ｄｏｇは種明かしをすることで、昨夜の行為は同意だった。お互い納得の上のセックスだった。ついでに言うなら、お前も十分楽しんだよなと言いたかったのだろう。

こうなると、強引に犯された記憶よりも、本気でよがった記憶のほうを消してほしいと願わずにはいられない。

銭村は怒りと恥ずかしさで頭に血が上る。そして、握り締めた瓶を頭上へ振り上げた。これこそやり場のない、行き場のない羞恥と激憤を瓶に託して床へ叩きつけようとしたのだ。

「あのエロ犬、何がプラシーボだ――――と、プラシーボ？」

しかし、銭村が強烈な引っかかりを感じたのはこのときだった。

瓶を投げることなく手を下ろした。ビタミン剤のラベルが貼られたそれを今一度見直す。

「思い込み……。あれ……そう言えば」

脳裏に過ぎったシーンに目を細める。

だが、突然下から「なんだてめぇら」「組長！」と怒声が響いてきたのは、このときで――。

「何、出入りか⁉」

銭村は慌てて衣類を着込むと、痛む腰を庇いながら寝室を飛び出した。

明らかにこれまでとは空気の違った一階へ、寝室のある二階から駆け下りていった。


「このたびはうちの者が大変申し訳ないことをいたしました。今朝事の真相を知り、慌ててお詫びに伺った次第にございます。このとおり、どうかお許しを――」

騒ぎを聞きつけた銭村が下へ降りると、龍ヶ崎をはじめとする幹部たちが玄関フロアに集まっていた。

御影石が敷き詰められた広い玄関床には、いつかどこかで見たような記憶のある紋付袴の老人が、黒服を着込んだ側近共々土下座をしていた。

その場にいる男たちの左手には、皆血が滲《にじ》んだ包帯をしていた。手元には風呂敷に包まれた現金らしきものと、さらしに挟まれた何か。そして解散届と記された書状まである。

銭村が人垣の隙間を縫って覗いていると、背後から腕を引っ張る者がいた。真木だ。

「連日の襲撃犯。うちが血眼《ちまなこ》になって探してるって知って、襲撃した当事者がビビッて上に報告したらしいんだ。初日の襲撃は俺たちがやった。けど、それ以外は知らないって」

「知らない？」

「ああ。ようは、うちから三日分の恨みを買うぐらいなら一日分を吐露して、誤解のないようにって釈明しに来たんだよ。まあ、わからないでもないけどな。三日分は三倍返しじゃない。最低でも三乗返しにするからな、俺たちは」

銭村は真木から説明されて、物々しさのわけを知った。

言われてみればなるほどという内容だった。

昨日はさすがに龍ヶ崎たちも顔色を変えて、下っ端たちに「探せ」と命令を出した。

銀座の店舗前で起こったことだけに報道もされた。

そして、連日襲撃を受けた龍仁会組長というテロップが流れ、アナウンサーから解説までされたのだ。それだけを見たら、すべてが同一犯の仕業とされていることがわかる。イコール、全部自分たちのせいにされていると思っても不思議はない。それは違うと釈明もしたくなるだろう。

相手は龍仁会の龍ヶ崎だ。決死の覚悟に加えて、最後の一兵まで死ぬ気で戦う気がないなら、勘違いで恨まれたくはない相手だ。

銭村は潔《いさぎよ》く自首してきた老人を見ながら、上に立つのも大変だとしみじみ思う。

だが、それにしたって、襲撃した若い者はなぜ龍ヶ崎を狙ったのか。やはり売名行為だったのかと頭を傾げて、ふと気づいた。

「あ、あの爺さん！　どこかで見たことがあると思ったら、俺が前に逮捕した殺人犯の親父じゃないか？　確か逃亡中に、偶然聞き込みしてた俺にぶつかってきて。ちょうど一緒にいた、ここの下っ端たちにボコボコにされて逮捕に至ったときの」

「そう。ようはそのときの恨みで下が勝手に動いたんだ。ヤクザがよりにもよって警察の味方しやがってって。しかも、その殺人もやんごとなき遺恨の果てのことで、誰が見ても死んだ奴のが悪かったらしくてさ。まあ、だからって俺たちの知ったことじゃないけどな」

真木が補足説明をしてくれた。

そんなのただの八つ当たりじゃないかと言いたいところだが、一応の筋はとおっていた。

襲った当事者にしてみれば、兄貴分の逮捕に貢献したのが同じヤクザだった。それが単にやりきれなかったのだろう。

銭村にとっては棚から牡丹餅《ぼたもち》のような逮捕で検挙率が上がっただけだが、その分龍ヶ崎に逆恨みがいった。皮肉といえば皮肉な結果だ。

二の句が継げない銭村の腕を、真木がポンと叩いてくる。

「考えてもみろよ。そもそもヤクザがヤクザに突っ込んでこられて、大丈夫ですかなんて聞くわけねぇだろう。それに、相手がぶつかったのはお前かもしれないが、それでよろけたお前がぶつかったのは龍ヶ崎義純だ。舎弟たちからしたら、何してんだテメェって話になるのは当然だ」

真木は起こった事実だけを見て、このなりゆきは仕方がない。決して銭村のせいではないとフォローしてきた。

だが、銭村にしてみれば胸が痛む。張りつめた雰囲気漂う玄関ホールで龍ヶ崎を見上げて許しを乞《こ》う老人は決死の覚悟だ。それが見て取れる。

「だから事情を知った親父、あの組長のほうは経緯を納得して受け入れていた。うちに難癖をつけるほど馬鹿じゃないし、そもそもは息子がやらかした不始末が原因だ。逆にその節はお手数をおかけしましたって頭下げに来てたからな。本当、親の心子知らずだよ。小さいながらも組の看板と子分たち守るために、頑張ってきただろうにさ」

「それで、龍ヶ崎はどうするんだ。こういうとき」

銭村の手が、不安げに真木の腕を摑んだ。

「一方的に襲撃食らって柳沢以下数名が怪我をしてる。最低のけじめはつけてもらわねぇと示しがつかねぇ」

「俺がここにいるのに、目の前でか」

「なら、今だけ目を閉じておけ。そうでなければ、ああして頭を下げに来た親父の立場も面子《メンツ》もなくなる。ついでに組員も一生安心して表を歩けない。極道には極道のしきたりってものがあるからな」

真木の態度は変わらない。これまでにこんなことは数えきれないほどあったのだろう。

むしろ腕を摑んできた銭村の手に手を軽く当てると、ふふんと鼻で笑ってみせる。

「ただ、そうは言ってもあの親父も側近もすでにここへ来る前にやれるだけのことをやってきてる。だからあとは義純が、示談金を受け取れば即解決。今日のうちにもお前らのところに解散届が提出されて、それで終わるよ。さすがに襲ってきた奴らをここへ出せとは言わないだろうし、そういうところは甘いからな。義純は」

やはりさらしの間に挟まれてきたのは組長と幹部たちの指、今回の落とし前だ。
もしかしたら襲撃してきた当事者たちの分も含まれているのかもしれないが、龍ヶ崎は金だけ受け取り、残りは老人に引き取らせた。

——間に合うなら医者へ行け。警察へ行くのはそのあとでも構わない。

そう言って、今回のことは終わらせた。

経緯はどうであれ、一方的な襲撃だ。それも幹部にまで怪我を負わせている。できる限りのことをして謝罪をしてきた先方もさることながら、それで「わかった」と言える龍ヶ崎の器が、やはり大きいのだろう。

これが別の組だったら、玄関ホールは血の海だ。金だけ取って、相手の謝罪など受け入れないヤクザなどごまんといる。それは銭村も何度か見てきた。

龍ヶ崎がその場を収めたことで、突然の騒ぎはこれで終わった。

しかし、最初の襲撃犯が明らかになったことで、龍ヶ崎や真木は余計に頭を傾げることになっていた。

「それにしても、こうなると鬼百合が言ってたとおり、襲ってきた奴らが全部別々なのか？　だとしたら、余計にわけがわからねぇな」

玄関ホールから奥へ引き上げる龍ヶ崎に銭村が声をかけた。

「それに関しては話がある。どうやら俺は、とんでもない思い違いでお前たちを危険な目に遭わせたかもしれない」

「思い違い？」

「ああ」

龍ヶ崎は銭村に、とりあえずは座って話せと目配せをしてきた。

銭村は言われるまま応接間へ行くと、「実は」と話し始める。

その場には真木や柳沢も揃っていた。

そしてＤｏｇもまた、入口に立って彼らの話に耳を傾けていた。


「初日の襲撃が奴らだとわかって、余計に確信が持てた。二日目、三日目の襲撃は龍ヶ崎を狙ったものじゃない。俺を狙ったものだ」

銭村が説明を始めたのは、そもそも自分がここに来た段階で、大きな思い違いをしていたことに関してだった。

「狙撃にしても襲撃にしても、最初は俺も龍ヶ崎に成りすましたＤｏｇを狙ったものだと思ってた。けど、よく考えたらあれは俺を狙ってたんだ。特に昨日は、階段で足を滑らせなかったら、確実に俺は心臓を撃ち抜かれていたはずだ。そういう弾道だった」

確かに龍ヶ崎も襲撃はされていた。

そしてその始まりには、きちんと理由があったことがわかり、たった今犯人も明確になった。

だが、銭村を再三襲った相手は、いまだに正体を現していない。本職の刑事たちが捜査をしているにもかかわらず、銭村のもとには何一つ報告もされてこない。

銭村は、自分がここに来たことで、逆に犯人がビビッて襲うのをやめた。だから余計に捜査が進んでいないのだろうといいように考えていた。

しかし、ここに来てから受けた襲撃内容を思い返すと、いまだに自分が狙われ続けていた。襲われていたのは龍ヶ崎ではなく自分だったと考えるほうが、いろんな意味でしっくりきたのだ。

それを説明すると、龍ヶ崎が怪訝そうな表情を見せながら腕を組んだ。

昨日、一昨日のことを、彼なりに思い出しているのだろう。が、すんなり銭村の意見を受け容れた様子はない。

スーツの懐から煙草を出すと、柳沢に火を貰いながら一服する。

「それなら真木を狙った可能性もあるだろう。Ｄｏｇを俺と勘違いすれば、お前の立ち位置を真木だと思い込む可能性は大だ。それに、仮にお前が目当てだとしたら、あの予告状ファックスにはなんの意味がある？　俺を名指しにしてるんだぞ」

龍ヶ崎は銭村が襲われたとは思いがたいようだった。

襲撃されたシチュエーションとしては、誰が目的なのかわからないと結論づけたようだ。

「それは、俺がここにいるほうが狙いやすいんじゃないかって気がする。俺だけを狙うにしても、周りを巻き込むつもりで狙うにしても」

「そう決めつけてかかるのも、どうなんだ？　こういう場合、お互い変な先入感を捨てて、狙われた事実だけを見たほうがよくないか？　誰がどんな理由で襲われたのかはわからない。だが、俺たちはＤｏｇと西本たちのおかげで、昨日も無事だった。今バラバラになって警護の手を二分するぐらいなら、このまま一ヶ所に集めておいたほうが保身に走るにしたって確実なんじゃないのか」

　龍ヶ崎が言うことも一理あった。

「けど……」と戸惑う銭村に、なおも彼は説得を続ける。

「それに、お前がここを出たからって、俺たちが襲われないという保証はどこにもない。逆を言えば、本当にお前が襲われたという確証もない。これればかりは襲撃犯を捕まえてみないことには目的も意図も不明のままだろう」

　龍ヶ崎の隣では、真木も相づちを打っていた。

　座卓に肘を乗せて身を乗り出すと、銭村の顔を覗き込んでくる。

「それよりお前、どんなヤバいことしたんだよ。仮にお前が狙われていたとして、よほどの何かがなければここまで派手にはやられないぞ。たかがぺーぺー刑事一人を襲うにしては、金も人手もかけすぎだろう」

　結局言われることは、どこへ行っても変わらなかった。

　西本が、神保が、そして真木や龍ヶ崎たちまでもが同じことを聞いてきた。

　銭村はちょっとムッとし、頬を膨らませた。いまだに思い当たる節がないからだ。

「俺の中で過去最高にヤバいことなんて、ここに二日も泊まってること以外思い当たらないよ。けど、この仕事に就いたときからよく言われるんだ。銭村が歩けば事件に当たるって。なんかこう、事件とか犯罪者とか引き寄せるらしくて」

銭村は、ここでも思いつくまま、正直に答えた。

「結局最初にお前たちが襲われたのだって、俺と一緒にいたことが原因だし。だから、きっと何かやったんだとは思う。俺にとっては〝え、これ〟って思うようなこと。けど、相手にとっては何が何でも始末しておかなければ不安なんだろうなってぐらいにヤバいことを」

襲われる原因がわからなくて、一番イライラしているのは銭村自身だった。

せめてこれがわかれば、スッキリする。犯人探しの目処もつくだろうに、いまだに思い当たる節がないのだ。どうしようもない。

「銭村が歩けば事件って、難儀だな。普通は事件が起こってから駆けつけるのが仕事だろう」

これには龍ヶ崎も溜息をつくばかりだった。

「推理漫画の主人公みたいだな。行くところ行くところで事件や犯罪者と遭遇する」

真木など「これは駄目だ」と座卓に突っ伏しかけている。

「――――ただ、そういう危険な引力なら俺たちもお前に負けないほど持っている。だから安易な判断は禁物だ。まずはお互い用心するに越したことがない。それだけだな」

龍ヶ崎は吸い終えた煙草を灰皿に押しつけた。

「わかった」

この話はいったんここで終わった。

その後銭村は、今と同じ話を西本にも報告した。

西本は「なら、その線でも捜査をしてみる」とは言ったが、銭村にここから撤退しろとは言わなかった。

むしろ龍ヶ崎と同じ意見で、今はターゲットも警護も二分するよりはいいからと、銭村に待機を言い渡してきた。

＊＊＊

銭村が異例な早さで本庁まで来たのには、インスピレーションによる行動がそのまま検挙率に繋がっていることにある。これを第六感というのか悪運というのかは科捜研でも「解けない」と笑い話になっているが、何にしても勘と運のよさだけで今に至るのは確かだ。

ただ、それだけに銭村は悩んだ。龍ヶ崎たちはああ言ったが、自分の閃《ひらめ》きが見当違いなものとも思えない。

とすれば、やはりその裏付けは彼から取るしかない。

銭村はＤｏｇを二階の客間へ呼び出した。

昨夜のことがあるだけに、密室に二人きりになるのは緊張した。

だが、庭先に呼び出してまた狙撃でも受けたらと考えると、優先すべきは我が身の危険より二人の危機だ。自分の勘を信じていたこともあり、Ｄｏｇを巻き込まないほうを選んだ。

「いきなり視点が変わったのは偽薬効果《プラシーボ》のせいか」

「だったらなんだよ」

「いや、聞いてみただけだ」

部屋に入ってくるなり、Ｄｏｇは銭村の顔を見て、くくっと笑った。彼は今日も龍ヶ崎に似せて、髪を後ろに流している。

昨夜はさんざんなことをしておきながら、何事もなかったような態度だ。

逆を言えば、だから銭村も「犬に噛まれたと思っておこう」で貫ける。

今の銭村に男に貞操を奪われた衝撃や絶望感は皆無だ。もっと重要で優先すべきことがある。それ以外のことに心を奪われている余裕もない。

「――Ｄｏｇ。もう一度だけ聞く。お前の依頼主は誰だ。お前は龍ヶ崎を守るためにここにいるのか？　もしかして、他にも理由があるんじゃないのか」

銭村はＤｏｇの前に正座をすると、彼を前に座らせて問いかけた。

「それって俺が、わざわざ銭村芳幸を守るためにここにいるって言いたいのか？　だとしたら相当高いぞ。昨夜の絡みぐらいじゃ足りないな」

「ふざけるなって。俺は真剣に聞いてるんだぞ。お前の目的と雇い主次第では、ここから離れなかったら、龍ヶ崎たちを巻き添いにする。そういうわけにはいかないから確かめてるんだ。守秘義務はわかってるけど……、今はそれどころじゃないから聞いてるんだ」

脅しにもならないだろうが、両手で畳をバンと叩いた。

するとＤｏｇは、後ろに流した前髪を手櫛でかき上げながら溜息をつく。

「俺の雇い主はあくまでも龍ヶ崎の知り合いだ。最初に、今日来た連中に龍ヶ崎が襲われたと聞いたから、俺にエスコートの話をもってきた。俺はたまたま休暇中で、いい小遣い稼ぎになるから引き受けた。するとそこへお前ら警察が現れた。俺としては大迷惑だ。なら、せめて少しでもやりやすくするかという選択肢として、龍ヶ崎にはお前のほうをこの場に残させた。これがすべてだが」

銭村は、わかりきった返答にムッとした。

これでも答えただけマシだろうとは思うが、何か隠されている気がしてならない。

どうしてもＤｏｇの背後に神保の存在を疑ってしまうのは、やはり最初の出会いのせいだ。

「不服そうだな。この理由じゃ納得いかないか」

Ｄｏｇは髪を弄っていた手を銭村に向けていた。

いきなり不機嫌そうな銭村の顎を掬うと顔を近づけてくる。

「だったらいっそお前が喜ぶように言ってやろうか？　俺がここにいるのはお前のためだ。お前が命を狙われていると神保から連絡を受けた。だから、おかしなファックスを送って、わざとお前をここに呼び寄せた。龍ヶ崎を守るふりをして、本当はお前を守ってるんだぞって」

わざとらしい口調で大嘘を並べられたにもかかわらず、ドキリとしそうな自分が恨めしい。

銭村はクッと奥歯を噛み締めた。Ｄｏｇの手を叩き落として、鼻息を荒くする。

「それなら俺を囮に、神保警視正や特命が仕組んだ。お前に犯人を皆殺しにさせるために、あえてバッティングさせたっていうほうが、まだ理解できる筋書きだな。ただし、俺にはそこまでお膳立てされる理由がまったく見当たらない。ってことは、やっぱりお前と俺はただの行きがかりでここにいる。偶然の産物ではなく、神の悪戯を超えた悪意だな。よくわかったよ！」

一人で息巻いているようにしか見えない銭村に、Ｄｏｇは腹立たしいほどマイペースだった。

銭村がどんなに喜怒哀楽を示そうが、常に余裕を持って笑っているだけだ。

それが一番腹が立つ。

銭村は、これ以上は無理かと諦め、話の終わりに釘だけ刺した。

「なんにしても、俺の邪魔はするなよ。決して勝手に仕留めたりするなよ。お前に別の依頼主がいる限り、俺は何があっても正当防衛なんて信じないからな」

「それは事と次第によるな。俺だって無駄死にはしたくない。ヤバいと思えば殺《や》る。お前の兄貴みたいなことにはなりたくないからな」

「────っ」

不意打ちのように芳一の話を切り出されて、銭村は息を呑んだ。

「殺るか殺られるか。いや、殺らなきゃこっちが殺られるだろうっていう極限状態の中で、何が犯人を生け捕りだ。逮捕だ。そんな綺麗事を並べられるのは、出世や進退は懸けても命は懸けていない、風評被害が怖い立場の人間だけだ」

Ｄｏｇの顔から笑いが消えた。

途端に銭村は息ができなくなった。

「お前はそもそも偉くないんだから、いざとなったら身を守れ。相手は殺す気で襲ってきてることを忘れないことだ」
Ｄｏｇは銭村の頭をポンと叩いてから、立ち上がった。
その後は何も言わずに部屋を出ていった。
「――――」
一瞬、ほんの一瞬だが、銭村はＤｏｇの後ろ姿に芳一を重ね見た。
〝芳幸。何してるんだ？〟
〝兄ちゃん！〟
まるで何年も封印されていた宝箱がポンと蓋を開けたようだった。
懐かしい記憶が溢れ出す。
〝おかえり兄ちゃん、待ってたの。遊んでぇ！〟
〝家の中にいればいいのに〟
〝だって芳くん、兄ちゃんのことがだーい好きだから〟
〝遊ぶときだけだろう〟
銭村が三歳ぐらいのときだろうか、年の離れた芳一は学生服を着ていた。
銭村は夕方になると、よく家の前でしゃがみ込んでいた。
そうして芳一の姿を見ると駆け寄っていく。
〝いつも好きだよぉっ。ご飯もお風呂もみーんな兄ちゃんと一緒がいいよぉ〟
〝甘ったれだな、芳幸は〟

〝兄ちゃん、だっこー。高い高いしてぇ〟

〝しょうがないな。ほら――〟

〝わーいっ。芳くん、兄ちゃんより高いよーっ〟

銭村とって芳一は、世界で一番好きな相手だった。

少なくとも、そう自覚していた年数が最も長い。それほど両親より誰より芳一の愛情を受けて育った。

銭村にとって芳一は、とにかく優しくてカッコよくて自慢の兄。警察官という道を選んだこともあるが、彼こそが正義そのものだったのだ。

〝え？　兄貴がＳＩＴに？　マジ⁉〟

〝ああ。すごいだろう〟

〝うん！　すげぇ！　カッコいい――でも〟

それでも芳一がＳＩＴ隊員として配属されたときだけは、銭村も言いようのない不安を覚えた。

〝？〟

〝でも、カッコいい以上に危険だよな。それって、凶悪事件とかで最前線に出向くってことだろう。兄貴が撃たれちゃうことだってあるかもしれないじゃないか！〟

〝それは、ないとは言えないが。けど、誰かが行かなきゃ収まらない事件もあるだろう〟

〝兄貴じゃなきゃ駄目なのかよ〟

今にして思えば子供のままの感情だった。芳一がＳＩＴに入ったのは銭村が高校生のときだが、不安をありのままに口にしたときの感情は、幼子のままだったように思う。

しかし、そんな銭村の頭を撫でながら、芳一は笑って言った。

〝俺が選ばれたのはこの腕の確かさもあるが、冷静さもある。何かのときに犯人を殺《あや》めることなく倒せる奴だと見込まれたからで。これって光栄なことなんだぞ〟

その笑顔は誇り高く、凜《りん》としていた。美しいほどだった。

〝どんなに凶悪な事件でも、犯人を殺めてしまったら真相は闇の中だ。それじゃあ意味がないし、本当の解決にはならない。防犯にも役立たないしな〟

当時の銭村にはまだ理解しがたいことばかりだったが、芳一の中には揺るぎない覚悟と理念がすでに完成していたのだろう。

〝もちろん、どうしようもないときは撃つ。そうしなければ被害が拡大するという判断があれば撃つとは思うけどな〟

場合によっては命を奪う。自らの手で人を殺めてしまう可能性さえあることを――。

だが、七年前のあの日、芳一は命を奪われた。

〝嘘だ。嘘だろう！〟

銭村が何気なくつけたテレビの向こうで、人質を取って立てこもった犯人に発砲されて殉職した。

〝どうして、なんで――兄貴っっ！〟

のちに警察の上層部や刑事部の管理職、また現場にいたＳＩＴの隊長・山口がテレビの前で、「突入後の状況によっては、射殺に至っても仕方がないと許可を出した」と説明した。

犯人は三人だったが、芳一には一発で主犯格を仕留めることのできる技術と精神力があった。それはＳＩＴ隊員ならば、誰もが認めることだった。

ただ、芳一があえてそれをせずに一発目に威嚇を行った。犯人に軽傷だけを負わせて命を奪うことをしなかったのは、芳一の警察官としての信念であり、また命を重んじる正義感のためだったのだろう。こんなことなら射殺命令を出すべきだった。判断を現場に委ねたことが我々の間違いであったと涙ながらに状況を明かした。

世間は芳一の死を美談と受け止め、あまりに若くして亡くなったＳＩＴ隊員に哀悼の意を表した。

銭村はそんな報道をしていた番組さえ、恨めしく観ていたのを記憶している。

最後は芳一自身の判断だったと言われてしまえば、それまでだ。

芳一ならば、そういう決断もするだろうことは、銭村自身が誰よりも理解していた。

それでも、当時の現場がどんなふうに芳一の目に映り、また感じられたのかは永遠にわからない。芳一が言っていた「どうしようもないとき」とは、どれほどのときなのか銭村にはいまだに理解ができないでいる。

立て続けに襲撃された今でも、よくわからないのが本心だ。

「くっそぉっ――――っ」

いつしか銭村の瞳からは、涙が溢れて止まらなくなっていた。

どんなに思い出しても、芳一は還《かえ》らない。二度と銭村に笑いかけてもくれない。

両の瞼を閉じた瞬間、銭村の記憶の箱はパタンと蓋が閉じられる。

「――――あ、もう。ついてないな」

思い切りシャツの袖で涙を拭うと、涙と擦った勢いでコンタクトレンズがずれ落ちた。

思わず愚痴って四つん這いになった銭村に、通りかかった下っ端の一人が声をかけてくる。

「どうしたんですか」

「コンタクトを落としちゃって」

「そりゃ大変だ。一緒に捜しましょう」

「ごめんな、手間ばっかりかけて」

どういたしましてと笑って一緒に捜し始めたのは、ここへ来てから何かと銭村の世話を焼いてくれる下っ端の一人だった。

それは多少ぼんやりして見える姿や、変わりようのない声で認識できる。

こんなことなら最初に名前を聞いておけばよかったと思うが、今更確認するのも気恥ずかしい。

だが、彼は銭村の贈収賄の話を聞いたときから、毎日コンビニやお弁当屋に食事の買い出しに行ってくれていた。銭村がここで出される食事にはまったく手をつけない理由を理解し、きちんとレシートと一緒に食事や飲み物を銭村に届けてくれていたのだ。

そのことを思うと、銭村はやはり名前を聞こう、コンタクトレンズが見つかったら、その流れでちゃんと名前を呼んで礼を言おうと思った。

そうしてコンタクトレンズを捜し続けると、まずは一つめを見つけた。

「一枚あった！」

銭村は一瞬喜び勇んで隣にいた下っ端に見せた。

だが、「じゃあ、あともう一つですね」と笑った相手の顔を見た瞬間、銭村は急に思い出し、また気づいたことがあった。

「――あ、そうだ」

かれこれ一週間前になるだろうか。そもそもは張り込み仕事で徹夜明けとなり、交代後直帰する途中に事は起こった。

あたりはまだ薄暗かった。銀座付近のオフィス街を歩いていただけに、人通りもまばらだ。

そして、地下鉄の駅を目指して、ビルの角を曲がろうとした。

キィィィィッというタイヤのスリップ音が聞こえたと同時に、ドンと鈍い音がした。

〝きゃっっっ！〟

〝轢き逃げだ！〟

女性の悲鳴が聞こえて、続けざまに男の声が聞こえた。

銭村は反射的にビルの角を曲がって声のするほうへ走った。

逃げていく車とすれ違ったのは、ちょうどこのときだ。

コンタクトレンズを外していたので視界が普段よりも悪かった。時間帯もあっただろうが、銭村が記憶できたのは逃げた車の色と形、あとはドライバーが男だった気がする程度のことだけだ。

〝警察です！　俺は警察官です！　どなたか救急車に連絡をお願いします‼　あと、ここにいる方は動かないでください！　なんでもいいので、話を聞かせてください。とにかく動かないで‼〟

銭村は、その場で目についた目撃者たちに声をかけてから、被害者の対応に当たった。

被害者は自分より少し若い男性で、重傷なのが一目でわかった。

〝気を確かに持てよ！　すぐに救急車が来るからな！〟

そうして救急隊員が駆けつけて搬送されたあと、銭村は協力してくれた目撃者たちに対して、その場で簡単な事情聴取を行った。おいおい交通課の担当者から再度確認させてもらうがと説明し、連絡先まで教えてもらってから、その足で署に戻った。

〝あれ？　目撃者が……足りない？〟

署に着いて報告をしたところで疑問が起こった。

最初に「轢き逃げだ」と叫んでいた声は年配の男性のものだった。

だが、銭村が話を聞いたのは朝帰りのホステスや学生たちだった。一番年上でも四十前のフリーターで、年配の男性は一人もいなかったのだ。

もっとも、そのときは自分の勘違いだろうと納得した。おそらく声質だけで勝手に年頃をイメージしてしまい、いもしない年配者が紛れていたと錯覚してしまったのだと。

「どうしたんですか、銭村さん。いきなり」

「ごめん。ちょっと電話していい？」

「はい。どうぞ」

ただ、こうしてコンタクトレンズを外した状態で見知った者を確認した今、銭村はそこまで視界や判断力があやふやではないことを悟った。

声もさることながら、あの状況でも相手の服装ぐらいは判別できる。

確かに自分はスーツ姿の年配男性を見た。それが最初に「轢き逃げだ」と叫んだ者なら、見間違いでも勘違いでもないはずなのだ。

「――――もしもし。銭村です。由利警部、ちょっとお願いがあるんです。例の轢き逃げのことで、連絡先を貰った目撃者の人たちに再聴取してほしいんです。できれば警部が直接。あのとき自分以外にどんな目撃者がいたか、どんな声を聞いたか覚えてるだけでいいので教えてほしいって。これは先入観が入るといけないので、何も例を挙げずに聞いてほしいんです。だから、今の段階では俺がいったい何を知りたいのかも伝えません。こんな頼み方しかできないので、交通課の方にお願いできないんです」

銭村は、これ以上思い込みが先行しないよう、必要最低限の確認だけを由利に頼んだ。

「はい。はい。すみません。助かります。よろしくお願いします」

由利は快く引き受けてくれた。

ホッとしていると、電話の間に下っ端がコンタクトレンズの残りを見つけてくれていた。

「銭村さん。コンタクト、ありましたよ」

「ありがとう。また余計な出費がかさむところだったよ。本当に助かった！　ところで、名前はなんて言うの」

　満面の笑みで尋ねるも、下っ端はなぜか照れくさそうに頭をかいた。

「いえ、名乗るほどの者ではありませんから」

　笑ってその場から立ち去ってしまった。

「いや、そういう意味じゃねぇよ」

　思わず叫んだとしても許されるだろう。

　銭村は、「しょうがねぇな」とぼやき続けながらも、その場で荷物の中からコンタクトレンズの洗浄液を取り出すと、洗ってはめ直した。

　ちょっとしたお泊まり道具は、昨日出かけた先々で思い出しては車を停めさせて購入したものだ。

　それこそ龍ヶ崎や真木たちの顰蹙《ひんしゅく》まで買って。

「銭形！　どこにいる、銭形！」

　準備ができたところで、下から真木が声を張り上げてきた。

「はい？　何」

　慣れとは怖いもので、龍ヶ崎や真木があまりに「銭形」を連呼するものだから、銭村も気にならなくなってきた。すでに普通に返事をしている。

「ちょっと来い！　新情報が入ったぞ」

「わかった！」

銭村は再び下へ降りていった。

今日もなんだか忙しい。できることならこの忙しさが襲撃犯捜しに通じているように、事件の早期解決に繋がるように、銭村は心から祈り続けた。

5

「ヤクザって何者？　どうしたらこんなことが調べられるんだよ」

銭村が目を丸くしたのは、真木の言う「新情報」に対してだった。

すっかり馴染んだ応接間の座卓には、さまざまな情報資料が並んでいた。

「お前が消去法だって言うから調べてもらったんだよ。まぁ、だからってここまでマメに、しかも入り組んだ事情を調べられるのは磐田会の鬼塚総長ならではだけどな。総長の傘下には元刑事とか元検事とか変わった連中がいるからさ」

「しかも、揃いも揃って勘がいい。お前がここに転がり込んでるって話をしておいたら、一緒に身辺調査までしてくれた。で、こんなふうに繋がったそうだ」

真木と龍ヶ崎が情報元を説明してくれる中、銭村は一件の報告書に目が釘づけだった。

「俺が最初に廃材を落とされたビルが、龍ヶ崎にゴルフ場を手配した不動産屋の関連会社の工事現場か――」

「ああ。ただ、これだけならありえる偶然だ。一色《いっしき》不動産はここ数年海外投資が当たって右肩上がりだ。吸収合併も繰り返してきた。関東圏なら関連会社は山ほどある。実際目が行き届いていない子会社もあるだろうから、そこで今回みたいな事故が起こっても不思議はない」

顔を顰める銭村を横目に、Ｄｏｇは相変わらず黙っている。部屋の隅に身を置くも、柳沢共々耳を傾けるだけだ。

「ただ、偶然を偶然ですませてくれないのが、ここの女社長の夫であり今の専務だ。元警察官僚、こいつはお前の兄貴が死んだ年に警察を辞めている。理由は結婚相手が一人娘で、一色家に婿養子に入って会社のフォローをするっていうのが表向きだが――」

「本当はそうじゃなかった。あの事件で報道規制ができなかった、殉職者を出した責任者の一人として辞職に追い込まれていた。考えようによっては、兄貴のせいでキャリアの出世街道を断たれた人間ってことだよな」

思いがけないところで芳一の話題を出されて、銭村は余計に頭を抱えた。

こうなると、先ほどＤｏｇから芳一の話を持ち出されたことまで、何か関係があるのかと疑いたくなる。

銭村はふとＤｏｇに視線を投げた。

Ｄｏｇは特に反応しない。

すると、動揺が増すばかりの銭村に向かって、資料を手にした真木が言い放った。

「だからって弟のお前が恨まれてっていうのは、いくらなんでもなぁ。どう考えてもお前は被害者側の遺族だ。それも兄貴のことで警察側を訴えるとか、恨みつらみをぶつけたとか、そういうことも一切していない。ただ、もしかしたらお前が知らないだけで、当時もっと何かがあったのかもしれないぞ。そして、お前がその何かを知っていると勘違いされているせいで、相手が勝手に恐れている。抹殺を考えるほどな」

結局のところ、銭村が知らないところで恨みを買っている。

客観的に見ている真木からしても、そういう発想にしかならないらしい。

そしてそれは、龍ヶ崎も同意だ。

「一色専務は地位も名誉も財ある男だ。官僚としては上り詰められなかったが、逆に今なら財界をとおして国政にも関与ができる。その分、些細《ささい》なことでも失脚を招く。実際、警察を辞めた本当の理由が世間にリークされたら、それだけで本人どころか会社のイメージが落ちるだろう。大打撃だ。だが、さすがに二度もメディアの犠牲にはなりたくないはずだ」

銭村は今一度真木から資料を受け取り、一色専務の履歴に目を向けた。

そのままパラパラと資料を捲《めく》って、一色不動産から系列会社、関連会社の末端までをじっと見る。

「――――でも、ビル工事の管理側からは、正式に謝罪が来てるんだよな。俺がそのあと襲われてなかったら、たぶん本当にただの事故で処理されていたと思うんだけど」

悩み続ける銭村に、とうとう真木がテーブルを叩いた。

「だからって、もう考えてる余地はないだろう。一色とはこっちでセッティングするから探りを入れろ。こうなったら一か八か、本人に会って直に顔色を見るほうが早いって」

「直に……」

ビクリとした銭村に、畳みかけるように真木が嗾《けしか》ける。

「そうだ。仮に狙われて襲われ続けていたのがお前だったとする。そしたら昨日で五回目だ。いい加減に首謀者なら、もう他人には頼らない。自分で動く。それぐらい失敗の報告を受け続けるほうにだって、ストレスはかかってるはずだ。もちろん、奴の失脚を危惧して、周りが勝手になんてことも考えられるから、確実に白黒がつけられるとは限らないがな」

言われてみれば、それもそうだという話だった。

銭村は特に反論することもなく真木の提案に賛成した。

「――――わかった。一色に会ってみる。確かに黙って仕掛けられるのを待っていたら、次こそ車や屋敷ごと爆破されかねないもんな。せっかく調べてもらったんだからやってみるよ」

それからすぐに柳沢が一色不動産の社長に連絡を入れた。

龍ヶ崎が社長夫婦に直々に相談があると話を持ちかけることで、夜には時間を取ってもらえることになった。

さすがに今夜ばかりは銭村とＤｏｇも、龍ヶ崎たちのふりはしなかった。

だが、代わりに柳沢同様黒服姿にサングラスで側近幹部を演じることになり、Ｄｏｇはともかく銭村は、また「粋がった七五三」と言われてからかわれた。

せめてホテルマンぐらい言えないのかとサングラスを外すも、「百歩譲って社員の黒服を黙って着込んだアルバイターだな」と言われて、ギリギリと奥歯を嚙み締める。

今やすっかり龍ヶ崎たちのおもちゃだった。


銭村が龍ヶ崎たちと共に一色不動産の社長宅を訪ねたのは、夜の八時過ぎのことだった。

現在社長夫婦が生活しているのは、六本木《ろっぽんぎ》に建つタワーマンション。それも自社ビルの最上階だ。

メイドに案内されるまま、一歩中へ踏み込むだけで、成功の二文字が窺える。

天井を彩っているのは、絢爛豪華《けんらんごうか》なシャンデリア。フロアの床には大理石が敷き詰められて、ルイ王朝時代のアンティーク家具が所狭しと並んでいる。銭村にしてみれば、ここはベルサイユ宮殿かと聞きたくなるぐらいだ。

だが、これらのすべてを失うかもしれない恐怖に取り憑かれれば、人一人ぐらいは抹殺するかもしれない。そう思えば、自然と緊張が高まった。銭村は少し膝をカクカクさせながら、エントランスフロアからリビングルームに足を運ぶ。

「もっとシャンとしろ。ぺーぺーにしか見えないぞ」

「っ！」

それとなくＤｏｇに尻を揉まれて、瞬時に緊張が解けた。

何をするんだとやり返そうにも、銭村に男の尻を揉んで笑える趣味はない。こうなると一方的にセクハラをされている気分だ。

せっかく忘れていたのに、犯されたことまで思い出す。

「ちゃんとできたら、今夜も可愛がってやるからさ」

「誰がさせるか、このエロ犬がっ！」

銭村はそっぽを向きながら、赤くなった頬を摘んで怒りに堪《た》えた。

理不尽すぎて、ストレスにしかならない。

そうこうするうちに、奥間から夫人が現れた。見るからに熟女マダムだが、自宅でイブニングドレスを着ている生活が、銭村にはまったく理解できない。

「まぁ、義純さん。こちらからもお見舞いに伺おうと思っていたのよ。もう、ニュースを見てびっくり！　本当に世の中物騒よね、お怪我はなかった？　さ、こちらへ。お付きの可愛い方たちもどうぞ。そちらでお寛《くつろ》ぎになって」

「ありがとうございます。マダムに気にかけていただいて、男冥利《みょうり》に尽きますよ」

当たり前のように握手を交わした夫人の手に口づける。この場の龍ヶ崎が出張ホストに見えたのは、銭村だけではないはずだ。心なしか真木のこめかみがヒクリとしている。

これは帰宅したら大変かもしれない――と、銭村は他人事ながら心配してしまう。

夫婦喧嘩は犬も食わない。Ｄｏｇなど、すでに丸無視だ。

「それは、もう。ねぇ～。それより、今日はどのようなご相談？　何かわたくしにできることがあるのかしら？」

「実は被害に遭ったビルの件で。どうせなので、全面的にリニューアルをしようかと……」

「それはぜひ、うちでやらせていただきたいわ」

マダムはご機嫌で龍ヶ崎だけを案内して、商談コーナーなのだろう応接セットへ落ち着いた。

完全に二人きりの世界だ。

距離ができると、銭村が真木に耳打ちする。

「何あれ」

「一色の女社長だよ。馬鹿っぽく見えるけど、あれで国交省の大物さえ手玉に取る魔女だからな。侮《あなど》れないぞ」

「なら、あっちでお茶淹れてる人は秘書？　肝心な旦那はどこだよ」

「あれが、お前がアタックする婿養子だよ」

「え⁉　あの人が」

「外見で判断するなよ。ああ見えて魔女の旦那だからな」

今夜のターゲットを確認すると、銭村はサングラスがあるのをいいことに、ジッと男を観察した。

長身だが華奢《きゃしゃ》な印象の年配男性は、キャリアと言われれば納得のジェントルマンだった。

だが、警察官と言われると頼りない。現場には一生疎遠そうだ。

だからといって真木が言うように油断はできない。銭村は相手が自分を襲い続けた主犯の可能性が高いことを前提にして、近づいていった。

「何かお手伝いしましょうか」

声をかけると同時にサングラスを外して、胸のポケットにしまった。

どんなに腹に力を入れて睨んだところで、銭村に龍ヶ崎やＤｏｇたちのような威圧感は生み出せない。ならばどこまでも笑顔でいくしかないと、にこやかに迫る。

「どうぞお気遣いなく。おかけください」

「いえ、どうしてもお手伝いがしたいんですよ。ちょっとお話もあるので、付き合っていただけますか」

「――っ」

悪気のない顔で目配せをして、男をテラスへ誘い出した。

さすがにタワーマンションの最上階ともなるとグンと気温が下がる。一色など肌寒さを感じてか、両腕を擦っている。

銭村はそれを見て勝負に出た。

「まずは、これまで目が覚めるようなプレゼントをいくつもありがとうございました。今日はそのお礼に来たんです」

「なんのことかね」

「しらばっくれないでください、一色さん。いえ、元警視庁刑事部捜査第一課長さん」

「君はいったい？」

「俺が何者なのかは、あなたのほうが詳しいでしょう」

突然話を切り出すも、一色はどちらかといえばポカンとしていた。

もし彼が銭村襲撃の首謀者なら、そうとうなタヌキだ。この男から自供を誘導するのはかなり難しい。銭村はグッと奥歯を噛み締める。

「もう、面倒だから手短に言っちゃいますね。俺はあなたがこれまで何をしたのか全部知っています。それをバラされたくなかったら――こういう交渉は、あなたも刑事部の出なら言わなくてもわかりますよね」

銭村は早々に話の核心に迫った。

こうなれば心理戦だ。下手に深刻に迫るより、軽く迫って余裕を感じさせることにした。

何度も殺されかかった側が笑っているほうが、不気味と言えば不気味だろう。銭村は、一色自身に話の内容を想像させることで、追い詰めていく方法を取ったのだ。

「本当になんのことだね。私にはさっぱり」

「なら、今すぐ奥様にお話ししてもいいんですよ。まずは昨日のことから話してみましょうか。丁度商談中のようですしね」

どこまでもシラを切りとおす一色に、銭村が背中を向けた。

これで夫人が共犯だったら意味をなさない脅しだが、銭村は一色が婿養子だというところをまずは突いてみた。

「待てっ、待ってくれ」

追いかけてきた一色の目に殺意があるかどうかを見極めるのは、テラスの入口で様子を窺うDogと真木。

「君っ！」

一色は銭村の腕を摑むと、力任せに引っ張った。

それが思いがけない力強さだったものだから、銭村はこのままテラスから放り投げられるのかという恐怖が起こって身構えた。が、かえって足を滑らせてしまい、身体が浮いた。

「――――」

「銭村っ！」

完全に体勢を崩した銭村に、Ｄｏｇと真木が反射的に手を伸ばした。

一歩早く動いたＤｏｇが、銭村の身体を抱き寄せると同時に懐から銃を出す。

銭村の無事を横目で確認した真木は、そのまま一色の胸ぐらを摑んで拳を振り上げる。

「一色っ！」

しかし、当の一色は摑んだ銭村の腕に、いまだ両腕でしがみついていた。

「やめてくれっっっ！　頼む、妻にだけは言わないでくれ！　龍ヶ崎には私が謝る。慰謝料も払う。なんならゴルフ場もくれてやる！　だからどうか妻にだけは、私が嫉妬して奴を襲わせたなんて知れたら……。頼むから言うなっっっ」

銭村たちが何か想像もしていなかった泣き言を叫んできたのだ。

「義純に嫉妬？」

「ＳＩＴの話じゃなくて、嫉妬？」

誰が聞いても何かおかしい話だった。

銭村はＤｏｇや真木と顔を見合わせるも、初めは理解ができない。

するとそこへ、龍ヶ崎を引き連れた夫人が現れた。

「そのお話、中で詳しく聞かせていただきましょうか。あなた」

「――――」

一色はこの世の終わりのような顔をしていたが、銭村は銭村で背筋に冷たいものが走った。

初冬の夜風に晒されるよりも、鬼気迫る夫人のほうが何倍も怖かったからだ。

一色夫妻のマンションをあとにすると、銭村はワゴンの中から夜の街を眺めて、しみじみと漏らした。

「確かにすげえストレスだったな。これまでの人生を懸けてきただろう仕事を辞めて婿養子に入ったっていうのに、七年も奥さんに浮気されっぱなし。しかも、ここへ来て色物ヤクザが相手かと思ったら、もう限界。いっそ自分も浮気してやろうと行きつけの店のママを口説いたら、これが龍ヶ崎の店のママだった。浮気相手への嫉妬だけならまだしも、いつ自分が店のママを口説いたことが龍ヶ崎や奥さんにバレるのかと思ったら、いても立ってもいられない。日増しに睡眠不足と心労が重なって半ノイローゼ。いっそもう、開き直って全部ぶっ壊してやると金でヤクザを雇ったのが、昨日のテロ並みの襲撃だ。なんか、怒る気にもなれない。西本先輩に報告するのさえ忍びない気の毒さだ」

夫人からの吊るし上げで激白した一色には、同情するしかなかった。

それはもう婿養子の悲哀が漂いすぎていて、同じ男としては慰めの言葉もなかった。

だからというわけではないが、銭村はつい龍ヶ崎を責めるようにチラリと見てしまった。

「言っておくけど俺は何もしてないぞ。あいつが勝手に被害妄想に陥っただけだからな」

「まぁ、わからないでもないけどね。あの女社長、本当に会うたびに色目遣ってきたし。義純は義純でそもそも天然タラシだ。目が合っただけで妊娠させそうなタイプだもんな」

「なんだと」

無罪を主張する龍ヶ崎に真木が絡んだものだから、雲行きが怪しくなった。

やはり一度は揉めなければ気がすまないのだろうか。Ｄｏｇは馬鹿馬鹿しいとそっぽを向き、柳沢もこればかりは蚊帳《かや》の外を決め込み下を向いている。

「おいおい、ここでお前らが揉めるなよ。そうは言っても、今回旦那が行動起こしたからこそ、奥さん側の誤解も解けたんだからさ。結婚を機に警察を辞めさせたことを恨んでるに違いないとか。浮気しても怒ってさえくれないから、本当は寂しくて自棄《やけ》になってたとか。まさか旦那が自分を愛してるから全部我慢してきたなんて思わなかったわって言って、いきなりラブラブになってたんだからさ」

銭村など自分が原因を作ったくせに、どこか他人事だ。

「それに、一色さん自身は責任を取って辞めたことは当然だって。あの報道がなければ、まだあんなことにはならなかったかもしれないって、改めて俺に謝罪してくれた。今でもヘリコプターの音を聞くと胸が苦しくなる、報道番組も観られないって。ずっと兄貴のこと思って、忘れないでいてくれた。なんか、それがわかっただけでも、俺は嬉しかった。ここに来た甲斐はあったって思ってるからさ」

これまで一色自身から直接何かを言われたことがなかった分、改めて気持ちが聞けて嬉しかったのもあったのだろう。銭村は、龍ヶ崎と真木を見ながら「ありがとう」とご機嫌だ。

些細なことで小突き合っていた二人も「いや」「別に」と照れる。絡まれて文句を言うのは得意でも、本気で感謝されると持て余してしまうのが極道だ。

特に銭村のような刑事が相手だと、やりにくそうだ。助けを求めるではないが、ついＤｏｇのほうに視線を向けた。

「お前らは慰謝料の代わりにゴルフ場貰ったんだから、そう悪くはないオチだろう。場末のヤクザが自棄を起こして特攻してきたなんて、一文にもならない話よりは救いがある」

Ｄｏｇは実益を評価しながら、話をもとに戻した。

思いがけないところで犯人の一人に行きついてしまったが、昨日の襲撃に関してはこれで謎が解けた。実行犯に関しては一色自身が責任を持ってどうにかするという話だったし、龍ヶ崎たちが受けた実害に対しての慰謝料は、契約進行中のゴルフ場贈呈という形で相殺される。

素人相手だけに、龍ヶ崎もここは金目のもので手を打った。自棄を起こした一色が気の毒すぎて戦意を喪失したのもあるが、Ｄｏｇの言い分はもっともだ。

しかし、肝心な問題はまだ解決していない。

「三つのうち二つは俺狙いだったことがはっきりしたし…か？」

「けど、こうなると残りの一つが一番厄介だよな。狙ってきたパターンも別格だし」

龍ヶ崎や真木も、二日目の狙撃が気になり始めた。

襲撃と狙撃では確かに質が違う。あれが龍ヶ崎を狙ったものなのか真木を狙ったものなのか、それとも銭村なのか最悪Ｄｏｇ本人だったのか。三つの襲撃のうち二つが意外な真相だった分、かえって残りの一つが難しく感じられる。

「いや、あの狙撃だけは俺狙いだったと思う」

「まだ言うか」

断言した銭村を真木が諭す。こうした決めつけが危険だということは明らかだ。

しかし銭村は、今一度街中に視線を向けた。

ちょうど轢き逃げ事故が起こった場所に通りかかったこともあり、顔つきを一変させる。

「一色さんの話で、なんとなくイメージが出来上がってきてるんだ。俺は知らないけど、向こうは俺を知っている。俺は何も疑問に思っていなかったけど、向こうは疑心暗鬼になっているってことが」

これまでに一度として見せたことがなかった銭村の厳しくも冷ややかな表情に、車内がシンと静まった。

それだけに、銭村の胸元で震えたスマートフォンの音が妙に響き渡る。

「もしもし銭村です。あ、由利警部。どうでしたか」

電話をかけてきたのは由利だった。

どうやら日中銭村が依頼した、目撃者たちの再聴取の結果報告のようだ。

「――――そうですか。やっぱり、あのとき年配の男性がいたんですね。轢き逃げ事故を直視して、なのに何もせずに逃げるようにして姿を消した男性が」

銭村は手にしたスマートフォンをグッと握り締めた。

「これからに捜査に戻ります。申し訳ないですが、龍ヶ崎のところに代わりをお願いします。はい。はい。わかりました」

その様子を龍ヶ崎が、真木が、誰よりＤｏｇがじっと見つめて窺っていた。

＊＊＊

龍ヶ崎の殺人予告から五日目の朝を迎えた。

本日も空は快晴だった。

銭村は昨夜のうちに龍ヶ崎宅から本庁に移動した。

どうしても調べたいことがあり、連日自宅に帰ることもなく、今朝は徹夜明けになった。

「もう、朝か。あとは俺が調べておくから、お前は準備しろ」

「ありがとうございます。じゃあ、お願いしますね。西本先輩」

行きがかりで買い揃えていたお泊まりグッズや衣類が、そうとう役に立っていた。

銭村は職場で備えつけのシャワーを浴びて真新しい衣類を身に着けると、あえてコンタクトレンズは装着せずに、ケースに入れたままスーツのポケットに忍ばせた。

「銭村、じゃあ俺たちも被害者の病院に様子見に行ってくるから」

「はい。お願いします」

今回のことで、どうしても明らかにしたいことができたことは、昨夜のうちに上司や先輩たちに伝えていた。

銭村の考えに同調してくれた者たちは、所属部署に関係なく協力をしてくれている。

そのほとんどが銭村を可愛がってくれている、死んだ芳一をよく知る者たちだ。

『――いい加減に首謀者なら、もう他人には頼らない。自分で動く。それぐらい失敗の報告を受け続けるほうにだって、ストレスはかかってるはずだ……か』

銭村は一晩の間に、この言葉を何度も思い出していた。

真木の言ったことは正しいと、しみじみと感じていたからだ。

最初のビルの件がただの事故だとしても、それから銭村は三度襲われていた。

一度目は車道へ押されて危うく車に轢かれかけた。

二度目は地下鉄のホームから電車に向けて突き飛ばされた。

そして三度目を龍ヶ崎宅で受けたあの狙撃と考えるならば、普通はあれが最終手段だろう。本当なら銭村が撃たれて終わっていたはずだ。

しかし、行きがかりとはいえ、銭村の傍には凄腕のスナイパーがいた。

相手は失敗するどころか、逆に撃ち返された。これは向こうも想定外だっただろう。

さすがに相手もしばらく迂闊《うかつ》なことはしてこない。それが証拠に銭村個人は、あれから襲われていない。立て続けに派手な襲撃事件が起こったこともあり、萎縮したか様子を見ているかに徹しているはずだ。

そう考えれば、銭村は反撃に出るのは今しかないと思った。

相手が新たな行動に出てくる前に、こちらから仕掛けて逮捕に持っていくしかないと。

「よし！　時間だ」

「行くのかい。なら、あたしもそこまで付き合うよ」

「ありがとうございます。由利警部」

そうして銭村は、早朝から準備を整えると、由利と共に隣の建物へと向かった。

銭村がいる組織犯罪対策部がある警視庁の隣にある建物は警察庁だ。そしてそこには銭村が、どうしても裸眼で確認したい相手がいた。

あえてコンタクトレンズをつけずにエントランスをウロウロしたのは、自分自身の目を確かめる意味もあってのことだった。

『来た！』

そうして銭村は、出勤してきた職員の中から目当ての人物を見つけ出した。

「金剛寺局長！」

「――――」

駆け寄って声をかけたときには、これが勝負だと思っていた。

ここで人違いだと発覚すれば、銭村の思惑は根底から崩れ去る。

すべて見間違いの勘違い、それこそ思い過ごしではすまない結果だ。

「あ、すみません。金剛寺局長ですよね。俺、警視庁組織犯罪対策部の銭村といいます。七年前に殉職した銭村芳一の弟だと言えば、わかりますでしょうか」

銭村はあえて出勤してくる他の職員たちにも聞こえるように、はつらつとした声で話しかけた。

「ああ、君が。話には聞いていたが、そうか――君が弟さんなのか」

金剛寺は周りの人間の手前もあってのことか、機嫌よく銭村に対応してくれた。

――間違いない。

やはりそうだと、銭村には確信を持って話を続けた。

「はい。その節は兄が大変お世話になりました。もうお加減は大丈夫ですか？」

これこそ一か八かで金剛寺の腕にも手を伸ばしてみた。

もしもあの夜Ｄｏｇに撃ち返されたのが金剛寺本人ならば、必ずどこか怪我をしているはずだ。

そう睨んだのだ。

「何がだい？」

金剛寺は、無意識に左肩を庇うように引いた。

銭村は「やはり」と思い、それ以上怪我には触れなかった。

「先日知人の見舞いに行った際、東都《とうと》医大でお見かけしたもので」

思えば最初に金剛寺が気になったのは、龍ヶ崎に付き添って鬼屋敷の見舞いに行ったときだった。どこかで見た気がしたのは、同業で職場が近いからだと思い込んでいたが、実はそうではない。あの轢き逃げ事故の現場で見かけていたからなのだ。

しかも、銭村は事故現場で彼を見たとき、見覚えがある人だとはまったく感じなかった。

ようは、これが過去に金剛寺を同業者として認識したことがない証だ。だからこそ、病院でも城崎たちから説明されるまで彼の名前や職種も知らなかったのだ。

「ああ。そう言われたら風邪をひいた日があった。もちろん、今は大丈夫だが」

「そうですか。それはよかった」

金剛寺は病院にいたことを否定しなかった。

だが、それが銭村に彼が負った怪我以上に重要なことを確信させた。

銭村はそのまま質問を続ける。

「ところで、局長。一週間ぐらい前の早朝に銀座で起こった轢き逃げ事件ですが、あのときって現場にいらっしゃいましたか」

「どういうことかな。私には覚えがないが」

さすがにこれは否定した。

それはそうだろうと銭村も思う。

「実は、局長だと思われる男性を現場で見たという方がいたんです。でも、やはり見間違いですよね。交通部の局長が事故現場に居合わせて、何もしないなんてありえないですし。俺もそう言ったんですけど、どうしても確かめてほしいって言われて。本当に失礼しました」

「いやいや。いいよ。それにしても、君は他部のことにも熱心なんだね」

感心してみせながらも金剛寺の機嫌が変わってきたのを、銭村は肌で感じていた。

作り笑いや話し方だけでは、繕《つくろ》いきれるものではない。

銭村は普段より視界が落ちている分、かえって感覚が研ぎ澄まされているような気がした。

逃げられる前に、もう一つ話をぶつける。

「局長にそう言ってもらえるなんて光栄です。実は、先日兄のことで一色さんにお会いする機会があったんですが、ちょうど局長のお話を伺ったところだったんです。局長は本当に素晴らしい方だし、兄の事件のときにも他部署ながら力を尽くしてくれた。とにかく仕事熱心で尊敬できる方だから、いつか認めて褒めてもらえるように頑張りなさいと」

「そうかい。一色君がそんなことを」

今までになく、焦っているのが感じられた。他のことはともかく、ここで退職したはずの一色の名前が出てきたことは、金剛寺にとって意外の何物でもなかったのだろう。

なにせ一色は、銭村にとっても予定外の展開で知り合った人物だ。金剛寺にとっては、想像もしたことがなかった二人の繋がりのはずだ。

「はい。あ、ぜひ今度局長と食事がしたいとおっしゃってました。会うことがあったら伝えてほしいと頼まれて。肝心な話が最後になってしまって、すみませんでした」

「いや、いいよ。わざわざありがとう」

「こちらこそ、お時間を取ってしまってすみませんでした。では」

銭村は、望みどおりの話ができたことで、終始態度を変えることなくその場から去ることができた。

金剛寺も足早に自分の持ち場へと消えてゆく。

「お前、見た目によらず鉄の心臓だね。末は警視総監かって男相手に」

二人の様子を隠れて見ていた由利が姿を現すと、驚いてみせた。

「誰でも殉職者の弟にはいい顔しますからね。それより由利警部、やはり思ったとおりでした。あのとき現場で最初に声を上げたのは、金剛寺局長です。姿にも声にも覚えがあります」

銭村はスーツのポケットにしまっていたコントタクトレンズのケースを取り出すと、由利の前ではあったが、急いで入れさせてもらった。

ようやく視界がクリアになる。

「轢き逃げ現場に、交通部局長ね。だとしてその場から逃げた上に現場で最善を尽くした警察官に対して、殺意を抱く理由はなんだい」

「理由は一つしかありませんよ。あそこで俺と会ったのは不都合だった。ただ、こうなると局長と加害者との関係、もしくは被害者との関係が気になりますが」

銭村は由利と話を摺り合わせながら、次にどう動くかを相談し始めた。

人目を避けるようにしてエントランスから離れ、物陰に隠れて話し合う。

「普通に考えたら被害者との遺恨を疑うけどね。わざわざ病院まで足を運んでることまで考えたら、相手の回復具合を確認しに行ったとも取れるし。無事な限りまた狙われる可能性もある」

「はい。なので被害者の病院には、交通課に言って厳重な警護をお願いしてあります。あと、今更ですけど事故現場周辺のオービス《自動速度取締り機》記録の再確認も昨夜から。今、西本先輩がラストスパートをかけてくれてます」

「ネズミ取りか。再確認したところで、大きなネズミの見落としが発見できるのかね」

銭村は、昨夜徹夜で何をしていたのか、由利に説明すると不敵に笑った。

「いえ、むしろ完全に逃がされているでしょうね」

「逃がされてる？」

「はい。もしあれがただの轢き逃げではなく、被害者が路上に突き飛ばされたことで起こった事故なら、犯人が捕まって一番困るのは突き飛ばした本人・金剛寺局長ですよ。しかも、初めから加害者と結託していたなんてことになったら、最初に証拠を抹消にかかるでしょう。その術《すべ》を持っているんですから、――――と、たぶん西本先輩からです」

一度は交通部でチェックされているはずの記録をあえて再確認した意図を説明していると、スマートフォンに連絡が入る。

着信表示には案の定、西本の名があった。

「はい、もしもし。どうでしたか？」

〝あったよ、あった。汐留《しおどめ》付近の一般道。おそらくこれじゃないかと思う時刻の記録が一部消されてた。明らかに作為的だ。交通部内で隠蔽《いんぺい》された証拠になる。ただし、消されてるから轢き逃げ犯の車も顔もわからねぇけどな〟

銭村はスマートフォンに由利と耳を傾けながら、思ったとおりになっていることを確認し合った。

「いえ、今はそれだけでも十分ですよ。轢き逃げ犯の逮捕はあとにしても、交通部内に事故の隠蔽を図った者がいる。ここまでわかれば、主犯格を追いつめられる。事故車にしても、汐留周辺を捜せば出てくるかもしれないし。あとは、共犯者がいないことを祈るだけですけど。たぶん、いるでしょうね。金剛寺局長、俺が病院で見かけていたことを、すでに知っていた感じだったので」

話が進むと由利の顔色が一変する。

「銭村。あんたまさか、共犯者あぶり出すために被害者の警護を交通部に依頼したのかい」

「はい。ただし、刑事部にも同じお願いしましたから、何かあればすぐに……」

銭村がすでに罠を張っていたことに驚きと困惑が隠せない。

そんなときにキャッチホンが入った。

銭村は西村との通話をいったん切ると、すぐに新たな相手と話し始める。

「もしもし」

〝俺だ。銭村か。今しがた被害者のところで交通の広末《ひろすえ》課長とバッティングした。俺たちを見るなり逃走した。お前が睨んだとおりだ。あの朝、被害者を車道に押し出して殺そうとしたのは金剛寺局長だ。そして、轢き逃げの犯人と車の隠蔽に協力をしたのは広末課長でまず間違いないだろう〟

「そうですか」

相手は刑事部の刑事だった。報告を聞くなり由利の顔に絶望感が浮かんだ。

銭村にはすでに予測と覚悟があったのか、キュッと唇を噛む。

しかし、そんな銭村にもまったく予想できなかったことが、更に報告された。

〝ただし、広末課長が隠蔽の手助けをしたのにはわけがある。金剛寺局長と、今回轢き逃げ犯のほうを引き受けた武蔵《むさし》テレビの報道局長・坂巻《さかまき》の犯行と癒着を暴くため。そして、暴いたらその二人に復讐をするためだ。だから、今すぐ課長を捕まえないと大変なことになる。広末課長は初めから二人を殺す気だ。悪事を暴いて逮捕する気がないんだ〟

話を耳にするなり、由利はすぐさまその場から走り去った。

ヒールの音が響き渡る中、銭村は話を聞き続ける。

「今、由利警部が手配に行きました。けど、復讐って？　どうして広末課長がそんなこと」

〝今回の被害者が話せるようになって、教えてくれた。実は彼は、七年前に芳一のことで責任を取って退職し、その後自殺したＳＩＴの山口《やまぐち》隊長の息子さんだった。そんな経緯があるから、親戚が心配して養子に迎え、わざと名字を変えたらしいんだが。ただ、広末課長は山口隊長とは親友同士だったこともあり、息子さんのほうとは頻繁に会っていたらしい。亡き親友の分までと、いつも力になってくれたそうだ〟

ここでまで突然出た芳一の名前に、銭村は一瞬膝から力が抜けそうになって、必死で止まる。

「待ってください。兄貴の隊長さんが自殺って。そんな話、聞いたこともないですよ」

〝俺だって、今聞いて知ったばかりだ。金剛寺からのお達しでオフレコにされてたんだよ。本人の名誉のためとかなんとかいって、家族も丸め込まれて。こういうときばっかり報道規制もしっかりかけられてよ〟

城崎の憤りがスマートフォンをとおして、生々しく伝わってきた。

彼は芳一をよく知る捜査一課の刑事だった。と同時に、あのときの立てこもり事件の担当刑事でもある。この憤りは、たとえ銭村であっても計り知れないものがあった。

〝ただ、あのときの事件には、芳一の死に関しては、公《おおやけ》にされていなかった裏があったらしい。そして山口隊長は、それを知っていたがために苦しんだ。自分を責めて命を絶って、芳一に詫びに逝った。けど、それが今になって見つかった遺書がもとで、息子さんの知るところになった。息子さんは初め、一人で事実を暴こうとしたらしいが、万が一を考えて広末課長にだけは事情が分かるように手配をしていた。もし自分に何かがあったときには、あの日の事件と局長に絡んでのことだからって〟

「それで広末課長が、ずっと被害者のところに通って……」

〝そうだ。俺たちには捜査のふりをして。そして金剛寺に対しては、被害者の回復を見張るふりをして、二つの事件の真相を探り続けていたんだ〟

「そんな――――」

銭村は、今になってすべてが七年前のあの日に繋がっていくことに、鳥肌が立った。

いつもどおりに帰宅し、いつもどおりにテレビをつけた。

そうしてなんとなく目にした報道で、最愛の兄が銃弾に倒れたことを一視聴者として知った。

すべてが報道をとおして映し出されていたはずだった。

だが、そこには映しきれていなかった「何か」があったために、今になって大きな犠牲を出しながらも明かされようとしている。

〝とにかく、まずは広末課長を捜さないと。どんな経緯があろうと、広末課長を殺人犯にするわけにはいかない。そんなこと絶対に芳一は望んでいない。あいつが望むはずがないんだ！　お前もそれはわかるだろう〟

「もちろんです。わかりました。とにかく捜しましょう。俺も全力を尽くします」

銭村は通話を切るも、一度は自分の中で整理したはずの事件や事態が大きく変わってしまい混乱していた。

そこへヒールの音が響く。由利が戻ってきた。

「――駄目だ。すでにいなかった。金剛寺は銃を持ち出して、署内から姿を消している。あんたに探りを入れられたから焦って逃げたのか、それとも広末課長に呼び出されたのか、理由はまだわからない。けど、広末課長が金剛寺を狙っていることは確かだ。とにかく刑事部に連絡して検問の手配はしたから、あたしたちも捜そう」

目まぐるしい。

展開の早さに、ついていくのがやっとだ。

「待ってください、警部。俺たちだけじゃ不安です。こっちが警察なら向こうも警察です。捜査の手の内は、わかりきっているはずです」

「そりゃそうだけど」

「だから、今こそ龍ヶ崎ネタを使ってください。龍仁会にも協力要請をしてください。もう、警察だのヤクザだの後回しです。局長なり課長なりを捜すこと、見つけ出すことが最優先ってことで、この際ヤクザの手も借りましょう。龍ヶ崎たちなら、俺たちとはまったく違う方法で捜してくれるかもしれないし。少なくとも猫よりは協力してくれるはずです」

「わかった。なら、聞くだけ聞いてみるから。あんたも何か伝があったら使って」

「はい」

銭村は不安が大きくなりすぎて、思いつくままに言葉を発してしまった。

しかし、それを承知しているぐらいだ。由利もそうとう焦っていたのだろう。

銭村は、由利に言われると自分も警視庁の建物に向かった。

『神保警視正、神保警視正はどこだ！　こうなったら、何でも使う。特命だろうか、なんだろうが、とにかく総動員してもらえるようにするしかない』

銭村から神保を捜して走るのは、これが初めてのことだった。

普段は近づくことのない公安部を訪ねるも、神保の姿は見えない。

では、特命諜報室にいるのかと思ったところで、銭村は実際それがどこに存在する部屋なのかまで聞いたことがない。警察内にそういった秘密組織があると知らされているだけで、実態そのものはまったく教えられていないのだ。

『いない、いない！　こうなったら、放送で呼び出すか？　それとも龍ヶ崎のところに連絡して、Ｄｏｇから神保警視正の連絡先を聞くしかないのか？　――――と、いたっ！』

すべての発端が兄の死に繋がっていることもあり、銭村が神保を見つけたときは藁にも縋る気持ちだった。

神保はスマートフォン片手に、人気《ひとけ》のない非常階段を選んで電話をし始めている。

「特命から要請決定が出た。現在行方をくらましている警察庁交通部局長・金剛寺と警視庁交通課課長・広末の逮捕に協力してくれ。二人の移動情報等、詳細は分かり次第連絡する。発見の際は威嚇なし、警告なしの射撃を許可する。特に金剛寺に関しては、場合によっては射殺も止むを得ず。以上だ」

ようやく追いついて耳にした話の内容に、銭村は絶句した。

通話を切ってスマートフォンを内ポケットにしまう神保と目が合うも、声が上ずる。

「神保警視正。今のはどういうことですか。それ、Ｄｏｇへの依頼ですよね？　場合によっては射殺もって」

「金剛寺は射撃でオリンピック候補選手だった経歴の持ち主だ。用心に越したことはない。こちらからの許可は、あくまでも最悪の事態を想定してのものだ。決して射殺命令ではない」

「だからって！　許可を出したら、Ｄｏｇには殺しも許されるってことじゃないですか。そんな依頼しないって、Ｄｏｇは狙撃手であって殺し屋じゃないからって、神保警視正も言ったじゃないですか！」

よりによって、銭村が一番危惧したことが起こっていた。

どんなに神保を責めたところで、そう簡単に決定が覆《くつがえ》されるとは思えない。

だが、それでも銭村は言わずにはいられなかった。

何が何でもＤｏｇに殺しだけはさせたくなかった。ただ、それだけだったのだ。

「だから、それ止むを得ずの事態に対しての許可だと言っているだろう。金剛寺には今回のこと以外でも、余罪の疑いがある。もともと特命からも公安からもマークされていて、ずっと尻尾を出すのを待っていた。ここで奴を逃がすわけにはいかない。警察の威信にかけても奴を捕えなければならないんだ」

「でしたら尚更、Ｄｏｇへの依頼は取り消してください。警察の威信にかけてというなら、我々だけで逮捕するのが筋でしょう」

「言いたいことはわかるが、それで犠牲者を出したら意味がない。それに逮捕するのはあくまでも我々であって、Ｄｏｇではない。彼には金剛寺を追いつめるために手を貸してもらうだけだ。それ以下でもそれ以上でもない」

銭村は、神保の言葉が信じられないわけではなかった。

彼は金剛寺を追うＤｏｇ自身の安全、またこれにかかわる一般人や捜査員の安全をも確保する意味で、状況判断と同時に決定権をＤｏｇにも与えた。それは信じることができる。

だが、どんなに神保がそう思っていたところで、銭村にはこの決定を下した者たちまでもが、同じような気持ちでＤｏｇに射殺まで許可したとは思えなくなっていた。

いざとなったら、今回のことさえ芳一のときのように、うやむやにされるのではないかという不信感が込み上げてきて。たとえこれがＤｏｇにとっての仕事であっても、かかわってほしくない気持ちのほうが強くなっていたのだ。

「そんなこと言って、Ｄｏｇを利用した挙げ句に、金剛寺局長が殉職扱いになる可能性は微塵もないんですか。神保警視正はそう思っていなくても、もっと上はわからないですよ。結局何をどうしたところで、これは不祥事だ。公になったら警察の信用失墜は間違いない大問題で……。適当な理由をつけて事実を隠蔽されるかもしれないじゃないですか。兄貴のときに、実際何が起こっていたのか、わからなくなってるみたいに！」

「――――仮にそうだったとしても、私は決して金剛寺を殉職扱いになどさせないし、命に代えても銭村芳一と同列にだけはしない。逮捕して必ず法廷へ送る。こんな事態になっているんだ。君が上層部に対して疑心暗鬼になっているのはよくわかる。けど、だからといって私まで一緒にするな。私自身を見くびるな！」

それでも神保はガンとして動かなかった。

「私が言いたいのは、人命の上に警察の体面やプライドなど不要だということだけだ。そのために使えるものは使う。Ｄｏｇも放つ。ただそれだけだ」

彼には彼の信念があるのだろう。それも揺るぎない、芳一にも勝るとも劣らない警察官としての誇りと信念が。

しかし、それでも銭村は怒りともやるせなさともいえない気持ちを爆発させた。

「なら、Ｄｏｇを放った一番の目的が射殺でないなら、捜査そのものは俺たちを優先してください。そっちがどういう認識でいるのかはわからないですけど、俺たちだってちゃんと使えるってところを見せます。金剛寺は必ず生け捕りにします。だから、いかにもＤｏｇばっかり当てにしてる、いざってときにはＤｏｇしかいないみたいなやり方はやめてください。そうやって俺たちのことを見くびらないでください」

「――――っ」

初めて神保を黙らせた。

「とにかく、俺は何があってもＤｏｇに射殺だけはさせません。そのつもりでいてください。では、失礼します」

言いたいことだけを言いきると、銭村は最初の目的さえ忘れてその場から走り去った。

これでは特命課報室に全面協力を要請するどころか、敵に回したも同じだったが、気持ちを切り替えて捜査に戻った。

『Ｄｏｇより先に金剛寺局長を見つけて逮捕しなきゃ。広末課長のこともあるし、一刻も早く二人を見つけなきゃ』

その後、残された神保が本気で頭を抱えたことも知らずに。

「一人前の口利きやがって。そもそもお前みたいにブレーキの利かない奴がいるから、部外者なんかに援護を依頼する羽目になるんだ。一番肝心なところを理解しないで、正義感ばかり振りかざしやがって。これだからベタベタに甘やかされて育った奴は……」

ギリギリと奥歯を噛んだ挙げ句、心の底からぼやいたことも知らずに――。


事態が一変してからの時間経過は、これまでにない早さのように感じられた。

金剛寺と広末は轢き逃げ事件の重要参考人として手配され、関東中心に検問所が設けられている。

回復してきた被害者の証言をもとに、逮捕状の申請もされていた。

あとは追いつめ、捕えるだけだ。

『こんなことなら直通の番号でもアドレスでも聞いておけばよかった』

銭村は丸二日も一緒にいたのに、Ｄｏｇの連絡先を何一つ聞いていなかったことに後悔しながら龍ヶ崎に電話をした。

しかし、神保から依頼を受けたＤｏｇは、すでに龍ヶ崎の傍にはいなかった。

ほぼ同時に由利から龍ヶ崎のもとへ連絡が入ったことから、庭先で受けた狙撃が自分たち狙いではなかった、やはり銭村狙いだったと的が絞り込めたことで、龍ヶ崎自身もひとまずこちらの事件解決を優先してＤｏｇを放ったのだ。

こうなると、Ｄｏｇへの直接連絡は難しい。

龍ヶ崎から今現在使用中の携帯電話の番号を聞いてかけるも、出てくれない。

仕方がないので龍ヶ崎経由で「今すぐ連絡をよこせ」と伝言してもらうも、丸無視される。

最後の手段とはいえ、「俺より先に見つけても、絶対に殺るなよ」と龍ヶ崎経由で伝言してもらうも、それは龍ヶ崎の爆笑を誘った。

〝それで、Ｄｏｇは警察のどのあたりから依頼を受けて犯人捜しに加わったんだ？〟

わざとらしく言われて、銭村の背筋に冷たいものが走った。

依頼元が特命諜報室だということまではバレないにしても、Ｄｏｇのような男に警察がなんらかの捜査協力を求めたことは明らかだ。もしかしたらＤｏｇは警察との関係をごまかして龍ヶ崎のもとから消えたかもしれないのに、銭村は焦ってそれを龍ヶ崎にバラしてしまったのだ。

〝まぁ、由利が俺に協力しろなんて言ってくるぐらいだ。どこで誰がDogを雇って放ったところで、なんら不思議はないけどな〟

これに関しては、龍ヶ崎の懐の広さに救われた。

いずれ脅しネタとして使われるかもしれないが、そのときはそのときで仕方がない。今は一刻を争うときだ。銭村は事件以外のことは後回しと決めて、金剛寺と広末の行方を追った。龍ヶ崎への電話を終えてからは西本と合流し、まずは台東区《たいとうく》にある広末の自宅に向かって車を走らせた。

「そういや城崎が報告してきたが、狙撃に使われたマンションの非常階段に残っていた血痕。あれと金剛寺局長の血液型が一致したそうだ。本人をとっ捕まえてDNA鑑定にかければ、狙撃の目的は完全にお前だったことが証明される。余罪がますます増えるな」

新たな事実は次々と銭村のもとにも報告された。やはりDogの一撃は、的確に狙撃犯を捕えていた。こうして動かぬ証拠をその場に残し、銭村たちの捜査に役立ってくれている。

しかし、だからこそ銭村の中でずっと引っかかり続けていたのは、やはりこれだった。

「あのファックスは俺をわざと龍ヶ崎のところへやるために、金剛寺局長が送ったんでしょうか？」

実際龍ヶ崎を襲った二組の主犯は、ファックスのことなど何も知らなかった。

だが、あれがなければ銭村は龍ヶ崎のもとへは行かなかった。Dogと鉢合うこともなく、場合によってはまったく別の場所で狙撃されて倒れていたかもしれない。

そう考えれば、オリンピック候補選手だったという金剛寺からの狙撃を受けて、銭村が無事でいられたのはＤｏｇのおかげだ。これだけは偶然でもなんでもない。銭村はあの瞬間、Ｄｏｇと一緒だったから助かった。いち早く狙撃を察した彼が庇ってくれたから、今があるのだ。

もしファックスを送ったのが金剛寺なら、完全に誤算だ。

「それはどうだかな。そもそもお前が龍ヶ崎のところに残ったのは、向こうが指名してきたからだ。行きがかりみたいなものだろう。そしたら、お前の行動は広末課長か別のルートで知ったと思うほうが筋は通る。まぁ、このあたりもとっ捕まえればすべてが明らかになる。広末課長には申し訳ないが、洗いざらい聞かせてもらうためにも、奴には生きててもらわねぇとな」

「――――ですね」

銭村は相づちを打つと、助手席の窓から街並みを眺めた。

〝だったらいっそお前が喜ぶように言ってやろうか？　俺がここにいるのはお前のためだ。お前が命を狙われていると神保から連絡を受けた。だから、おかしなファックスを送って、わざとお前をここに呼び寄せた。龍ヶ崎を守るふりをして、本当はお前を守ってるんだぞって〟

改めてＤｏｇの言葉が脳裏に渦巻いた。

そんな馬鹿なと思っても、こうなるとあの説明も冗談では聞き流せない。

Ｄｏｇが龍ヶ崎のエスコートとしてあの場にいたのは、確かに第三者からの依頼だろう。

だが、そこへ神保からたまたま連絡が入ったとしたら、「じゃあついでに」ぐらいはありえる話だ。銭村がＤｏｇと再会したのは、神保が銭村に仕掛けられていた盗聴器を見つけた翌日だ。

さすがにこれは悪質だ。何かあると感じて、あえて警察外部の人間であるＤｏｇに「少し様子を見てほしい」ぐらい言ったとしても、不思議はない。

神保はなんだかんだと言っても、銭村に対して常に気を遣ってくれている。

芳一のこともあるのだろうが、自ら「子守」というぐらいだ。実際、表立って動いていないだけで、水面下では銭村の警護を手配してくれていた可能性も否めない。こうなると、売り言葉に買い言葉のように言ってしまったが、先ほどの失言に反省の念が込み上げる。

〝お前はそもそも偉くないんだから、いざとなったら身を守れ。相手は殺す気で襲ってきていることを忘れないことだ〟

連絡のつかないＤｏｇに至っては、憤りや苛立ちよりも切なさばかりが湧き起こる。

〝初めて会ったときから気に入ってたんだ。こうして抱いてみたいと思ってた。あの日、トワイライトの中に現れたお前が劇的で。何か運命みたいなものを感じて……〟

あんな言葉はその場しのぎの口上だとわかっているのに、「何が運命だ」と愚痴りたくなった。

〝さ、わかったら捕まえろ。俺をお前自身で繋ぎとめろ〟

出会いから一緒に過ごした時間だけを数えるなら、Ｄｏｇは一番短い相手だ。それなのに、銭村にとっては最も印象深く、そして最も早く心身深くで受け入れてしまった相手でもある。

誰かを介さなければ、言伝さえできない。

Ｄｏｇがその気にならなければ、会うどころか声さえ聞けない。

それなのに、Ｄｏｇは銭村にあれは行きずりの野犬だ、それも狂犬だとは思わせてくれない。

それどころか奴は飼い主を選ぶことのできる特別な犬だ。一度傍へ寄ったら飼い主を虜にしてしまう、危険を顧みずに手を出してしまう極上な犬だと思わせる。

『結局俺は犬どころか、犬の餌かよ。都合よく食われてそれで終わりか』

銭村は、一秒ごとに起こる新しい感情に唇を噛みながら、どうしようもなく惹かれている自分に一番腹が立った。

『ちくしょう。せめて腹下しぐらいさせてやらなきゃ気が収まらないぞ――――!』

ポケット内でスマートフォンが振動すると、やっと連絡が来たかと期待して取り出す。

「……龍ヶ崎?」

〝銭形か〟

「ああ。あれ、真木。どうしたの?」

着信表示を見るなり、がっかりしている自分に「これでは駄目だ」と頰を叩く。

気持ちを切り替えてから通話をオンにし、銭村は「もしもし」と声を発した。

番号は龍ヶ崎のものだが、かけてきたのは真木だった。

〝どうしたじゃねぇよ。お前、本当に悪運だけは強いよな。朗報だぞ〟

朗報というだけあって、やけに声が浮かれていた。

「――――え? え!? わかった。すぐに向かう」

思いがけない話をされて、銭村は声が上ずった。

用件のみで通話を切ると、心配そうに聞き耳を立てていた西本のほうを見る。

「先輩、今すぐに羽田《はねだ》に向かってください。金剛寺は羽田に現れるそうです」

「羽田に現れる？」

突然のことに動揺したのは西本も同じだったが、「早く」と急かされてハンドルを切った。

銭村はそのままスマートフォンで由利に連絡を入れる。

その後はパトカーや覆面パトカーについている無線機器は一切使わず、龍ヶ崎からの伝言を捜査陣に広めるように頼んだ
そうして、通話を終えた銭村がいったんスマートフォンをポケットに戻す。

「それにしたって、本当に奴は羽田に向かってるのかよ。デマじゃないだろうな」

西本が半信半疑でぼやいた。

「デマでも今は情報がこれしかないんですから、信じるしかないじゃないですか」

銭村も、ああは言ったが、まさか本当に龍ヶ崎が協力してくれるとは思わず、初めは西本以上に動揺した。「これから金剛寺に、お前らのほうへ向かわせる。だから、指定した場所で待っていろ」と言われても、本当なのかと思うばかりだった。

「だとしても、究極の選択だな。金剛寺もよほど追いつめられたんだろうが、まさか知り合いのヤクザに逃亡の手助けを頼むとは。しかも、そのヤクザたちにまで裏切られてるとも知らないで」

「ある意味王道的な行動ですよ。表が無理だと思えば裏。ただ、金剛寺の一番の失態は、いざってときに自分を匿ってくれるかもしれないヤクザな連中まで敵に回したことです。たとえ俺を狙ったんだとしても、龍ヶ崎の本宅に狙撃したのはなしでしょう。それも龍ヶ崎本人を狙ったとか

真木を狙ったとか、いくらでも事実を言い換えられる状況での中ですからね」

しかし、よく考えれば、龍ヶ崎の協力は特別不自然なものではなかった。

理由は金剛寺の自業自得、その一言に尽きる。

「さすがにあれがなければ龍ヶ崎だって、関東中のヤクザに〝金剛寺から連絡が来たら俺に知らせろ。奴を差し出せ〟とは言えなかっただろうって、真木も笑ってました。しかも、本当に知らせてくる相手もいなかっただろうってね」

「――――まあ、逃げ回る金剛寺と龍ヶ崎を秤《はかり》にかけたら、誰でも龍ヶ崎に恩を売るわな。しかも、龍ヶ崎を敵にしてまで金剛寺を守るぞ！　なんて、そこまで言わせるほどの恩を、金剛寺が誰かに売った経験があるとも思えねぇ。そう考えたら、日頃の行いって大事だな。ヤクザな龍ヶ崎のほうが人格者だっていうのも、どうかと思うけどよ」

銭村の説明に、西本も納得したようだった。

二人は刻一刻と、目的地に近づいていく。

「それにしても〝羽田空港まで来てくれさえすれば、どうにか高飛びの手配をしますから〟なんて言われて、本当に信じるのかね？　これを信じて来たら、日本の警察を舐めるのも大概にしろよ。そもそも警察官僚なんて辞めちまえって、殴るぞ」

それでも西本は、あまりに呆気なく誘導されてくる金剛寺の姿は見たくなかったのだろう。

同じ警察官として、どこかでいい裏切りを望んでいるのかもしれない。

もちろん、だからといって逮捕できなければ困る。相手が龍ヶ崎の策略に乗ってくれなければ困るのも確かだが、やはり気持ちは複雑そうだ。

「でも、今は信じて来てもらわなかったら話になりませんし。こっちは準備万端で待ち構えるんですから。とにかく金剛寺局長を捕まえなければ、広末課長も捕まえられないですしね」

銭村は、西本の気持ちもわからないではなかった。

ただ、ここで見逃してはいけないのが、どんなに金剛寺が言われたとおり羽田空港に向かっていたとしても、それをこちらの望む目的地に誘導するのは至難の業だということだ。

警察の検問状況を知った上で、更に独自の検問を仕掛けて、たった一台の車を思いどおりの場所まで移動させる。口で言うのは簡単だが、銭村からすれば神業だ。

真木は自信満々に言っていたが、本当にそんなことができるのかと首を傾げてしまう。

だが、彼らはどこまでも有言実行な漢たちだった。

「うわ…。なんだかサミットの警備よりえげつないことになってる」

銭村たちは、車が羽田に近づけば近づくほど、あちらこちらで黒ベンツが道を塞ぐように停まっているのに目を奪われた。

金剛寺の車が現れたら、自然に目的地まで右折左折をさせるためだろうが、わざわざ組員たちまで一緒に立たせている。知らない人間が見たら何事かと思う。抗争の予感さえさせる状況だ。

「ガチで羽田方面の組織が揃って参戦してるな。さっきの曲がり角に立ってたのなんか、鬼塚んところの元刑事・久岡《ひさおか》組長だぞ。金剛寺も、どうせ助けを求めるなら、久岡にしときゃよかったのに。そしたら、こんなまどろっこしいことしないで、一発で地獄に送ってくれる。久岡の奴、けっこう苛められてたからな～。金剛寺には」

西本の顔つきも次第に険しくなってきた。これらの包囲網を遠隔操作しているのが龍ヶ崎たちかと思えば、半信半疑でぼやいてもいられなくなってきたのだろう。

「一発で送られちゃ困りますって。あくまでも生け捕りですから、生け捕り！」

「そっか。で、最終的に龍ヶ崎が用意したゴールはどこになったんだ」

「東京《とうきょう》空港署に隣接しているタクシープールです」

「すごい嫌がらせがあったもんだな。今度奴に酒でもおごってやりたくなってきたわ」

「一応密告してくれたよその組長の立場も考えて、なるべく警察側の作戦に見えるように仕向けたみたいですよ。でも、それにしても由利警部すごいですね。いったいどんなネタで、龍ヶ崎を動かしたんだろう」

そうするうちに、銭村たちの車が一番最初に目的地に到着した。

二百台以上が収まるタクシープールには、ざっと見ても四、五十台のタクシーや自家用車が駐車されている。人を隠すなら人の中ではないが、ここなら覆面パトカーが数台紛れたところで、すぐにはわからない。

銭村はここで援軍の到着を待ち、金剛寺を迎え撃つことになる。

「またあれだろう。ちっさい頃の写真かなんかだろう」

「写真？」

「ああ。ここだけの話だぞ。実家が近所だから幼馴染みなんだよ。まぁ、どんな極道にもガキの頃はある。世に出したくない写真の一枚、二枚はあるだろう。これぱっかりは龍ヶ崎の不運だな。弱みを握られた相手が悪すぎたってことで」

こんなときだというのに銭村は、それは俺も見てみたいと思ってしまった。いっそ真木に教えておこうかと、悪戯心にも駆られた。

しかし、それはすぐに正される。

「それより銭村。ここからは威嚇だけじゃすまない可能性がある。ちゃんと全弾詰めとけよ。俺たちが持つ銃は、人を殺めるためのものじゃない。誰かを守るためだけにあるものだからな」

「はい」

銭村は西本に銃の確認を指示されると、一気に緊張が高まった。

羽田の空には数分ごとに、発着する飛行機が横切っていった。

6

誘い込まれた金剛寺の車がタクシープールに到着したのは、銭村たちが待機に入ってから三十分後のことだった。

「来たか」

「はい」

タクシープールには銭村たちの車の他、由利や城崎をはじめとする刑事部の覆面パトカーが三台ほど紛れて停まっていた。それ以外は周辺道路で待機し、当然のように空港署敷地内でも準備は万端だ。仮に今、金剛寺に気づかれたところで、ここまで車を誘い込めれば逃がすことはない。すでに相手は包囲網の中だ。

そうして停まった乗用車から降りてきたのは、三人の男だった。

「ここからは徒歩で行くしかないな」

「ここからって、警察署の目と鼻の先じゃねぇかよ！　どういうことだ」

「お前。まさか我々を裏切ったのか」

広末はすでに金剛寺や坂巻と合流していた。

ここまで車の運転をしてきたのも彼のようだ。銭村たちはそれを確認した段階で緊張感が増した。こうなると注意すべきは金剛寺ではない。いつ行動を起こすかわからない広末のほうだ。

「ここまで一緒に来たんだからわかるだろう。俺は道なりに走っただけだ。検問もそうだが、ヤクザ相手に強行突破できないだろう。高飛びする前に殺されたいのか」

「しかし、そんな話は聞いてないぞ」

「じゃあ、突然何か起こったんだろう。警察内ではなく地元のヤクザの中で。とにかく行こう。歩けない距離じゃない。むしろ車で行くよりはごまかせる」

広末はあたりを見渡しながら、金剛寺たちを空港方面へ誘導した。

そう見せかけて、懐から拳銃を取り出した。

「お前たちの遺体回収も楽だろうからな」

「っ、広末」

「貴様っ！」

広末の銃口は迷うことなく金剛寺に向けられていた。

その場の空気がビリビリと感じるほど、広末は殺気立っている。

金剛寺の利き手が、銃を隠し持っているだろうスーツの懐に今にも伸びようとしていた。

だが、広末は金剛寺にその隙を与えない。すかさず撃鉄を起こした。

「ここまで来るのには苦労したよ。仲間を裏切り、騙《だま》し続け、天国にいるだろう芳一や山口に何度手を合わせたかわからない。必ずお前らを地獄に送ってやるから待ってろよってな」

このままでは金剛寺が撃たれる。

場合によっては、広末のほうが、すでにスタンバイしているだろうＤｏｇに撃たれる。

銭村たちが誘導されて来たぐらいだ。Ｄｏｇがここにいないわけがない。

銭村は覚悟決めて奥歯を噛んだ。銃を握り締めて金剛寺たちの前に飛び出した。

「それは違う！　そいつらを送るのは地獄じゃない。まずは法廷が先だ、広末課長っ！」

銭村を援護するように由利や西本、城崎たち刑事部の者も一斉に飛び出し銃を構える。

数だけを見るなら三人対十人だ。

「銭村君っ」

「広末課長。あのとき何があったのか知りませんが、兄はあなたがそんなことをしても喜びません。けど、兄が喜ばないことは、山口隊長だって喜ばないはずです」

ほんの一瞬、広末の意識が銭村に移った。

その瞬間、傍にいた坂巻が広末から銃を奪い、金剛寺は懐から銃を抜いて広末に向けた。

「金剛寺局長も、引き際ぐらいは警察官らしくしてください。すでにあなたが犯した罪は露見した。言い逃れる術もなければ、ここから逃げる術もない」

「それはどうだかな。全員銃を置け。そしてこのまま高飛びできる飛行機を用意しろ。さもないと、ここから先は言わせるなよ。お前たち全員プロだろう」

二丁の銃口が広末だけに向けられているのは、金剛寺たちが最後まで彼を人質に逃亡しようとしている証だった。

銭村は一丁でも自分に向けられればと、広末救出のチャンスを狙う。

だが、そんな銭村に向かって広末が叫んだ。

「悪足掻きだな。今更惜しむ命などない。俺ごと撃て、銭村！　こいつらはお前の敵だ。芳一はこいつらのために死んだようなものなんだぞ！」

「っ⁉」

「あの日、事件発生の情報をいち早く坂巻に流したのは金剛寺だ。現場にヘリを飛ばし、中継させ、特ダネと出世の材料にしたのは坂巻だ。しかも、絶対に犯人は射殺するな、メディアの手前、極力無傷で逮捕しろと無茶な命令を出したのも金剛寺で――――。それなのに、芳一が殺されたら手のひらを返したように、射殺許可は出していたと山口に嘘をつかせたのもこの金剛寺だ！」

あの日の報道が銭村の脳裏に蘇る。

〝臨時ニュースをお伝えします〟

その後の警察からの記者会見が蘇る。

〝犯人に対しての射殺許可は出ており、判断は現場に任されておりました。しかしながら、常に人命を重んじる彼は……。こんなことなら、射殺命令を出すべきだったと、悔いても悔いきれません――――〟

そして何よりたった一人の兄、芳一の笑顔が蘇る。

〝芳幸！〟

〝兄貴〟

銭村は構えた銃を握る手に力を入れた。

すでに撃鉄は起こしている。あとは引き金にかけた指に力を入れれば、この至近距離だ。銭村が放った銃弾は確実に広末の身体を貫通して金剛寺に届くだろう。

「わかったか、銭村。こいつらは自分たちが出世するためだけに事件を利用したんだ。そのせいで芳一は、山口は――――。撃て、銭村‼ 西本、城崎、由利! こいつらは殺られなきゃわからない。自分で痛みを感じなければ芳一が、山口が、そしてその家族がどんな苦痛を受けたか、一生わからないんだから撃つんだ!」

広末はすでに死ぬ気だった。

だが、そんな広末を見殺しにできる者はこの場にいない。銭村は手にした銃を地面に向けた。

金剛寺の目を見ながら威嚇射撃として一発目を放った。

「まだわからないのか、銭村っ! こいつらに威嚇は通じないっ」

「ふっ。まだまだ教習場上がりの優等生だな。あの銭村芳一の弟とは思えないぐらいだ」

金剛寺は、銭村が当ててこないと踏んでいるのか、余裕の笑みさえ浮かべていた。

銭村は怒りに唇を、そして指先を震わせながらも銃を持つ手を上げる。

「これは威嚇じゃない。警告だ。死にたくなければ広末課長を放せ。あなたにはすでに射殺許可も出ている。あなたも警察官僚の一人だ。こんなときに世間体ばかり気にする上層部がどんな判断をするのか、わからないはずがないだろう。あなたが誰かにしてきたことは、必ずあなたにも返るということだ」

再び彼らに銃口を向け、じりじりと回り込みながら金剛寺たちとの間合いを取った。

銭村の前には広末がいた。

その広末の背後には、彼を盾にするように銃口を向ける金剛寺と坂巻がいる。

そして、そんな金剛寺たちの背後からは西本や由利たちが囲んでおり、一瞬でも広末から奴らの銃口が逸れれば、圧倒的に有利なのは銭村たちだ。

しかし、銭村には対面にいる西本たちよりおそらく自分の後方、空港署の屋上から一挙一動を見つめているだろうＤｏｇのほうが気になっていた。

Ｄｏｇにとって金剛寺は、あえて一度逃した獲物だ。二度目はない。

それだけに、銭村はこの瞬間も彼の目がいったい金剛寺のどこを狙っているのか、そればかりが気になり続けていたのだ。

「それならそれでお前たちに言うだけだ。こいつを殺されたくなければ、私の言うことを聞け」

「俺が撃てないと思ってるのか」

「なら、撃てるものなら撃ってみろ。広末ごと私が撃てるならな！」

おそらく勝敗は一瞬で決まる。

そしてそのきっかけを作るとしたら、間違いなくこの者だ。

「撃て、銭村！　芳一なら撃つ。必ず撃つ‼　お前に撃てないなら、こうするまでだ」

広末は身を翻《ひるがえ》して金剛寺のほうに飛びかかった。

「課長っ！」

広末が動いたと同時に、銭村は金剛寺が怪我を負っているだろう左肩を目指して飛びかかっていく。迷いはなかった。

「この野郎っ！」

金剛寺の銃が、そして坂巻の銃が勢いのまま発射された。

しかし、その瞬間金剛寺は頭上から利き手を撃ち抜かれて、発砲したはずの銃を空に飛ばした。

銭村はそのまま金剛寺の身体を押し倒して、左腕を後ろ手に取って組み伏せる。

「うっ！」

広末に銃口を向けていた坂巻もまた、西本や由利たちに右腕と左足の両方を撃たれてその場に倒れた。

「うあっっっっ」

銭村は、押さえた金剛寺の後頭部に銃を向ける、これ以上の抵抗は無駄だと告げた。

「残念でした。何も俺が撃たなくても、他に撃つ仲間がいるんだよ。それに、必ず俺を守ってくれる極上なパートナーもな」

やはり思ったとおりの場所にいた。

銭村はＤｏｇの強い視線を全身で感じながら、金剛寺に手錠をかけた。

金剛寺はそれでも恨みがましく、またふてぶてしい目で銭村を睨んで舌打ちしてきた。

チッ――――それが銭村にとっては、許せなかった。

『こんな奴のために、こんな奴らのために』

一瞬、ほんの一瞬のうちに込み上げた憎悪から、銭村は金剛寺の腕を掴んで、力ずくで起き上がらせた。

「貴様っ」

「やめろ銭村！」

西本が声をかけなければ、何をしたかわからない。

襟を掴んで首を締めたい衝動を感じて、銭村は慌てて金剛寺を突き放した。

『兄貴っ』

再び金剛寺が地面に身を崩すと、銭村は途切れた感情、溢れ出した涙を止めることができずに、その場に膝を折る。

両手をつくとアスファルトに爪を立て、堪えきれずに慟哭した。

「……っ、うわぁぁぁぁぁっ」

「銭村っ」

咄嗟に膝を折って抱きしめてきた由利にしがみつき、そのまましばらくは狂ったように泣き叫び続けた。

「兄貴っ、兄貴っ――――っ」

どうすることもできない怒りが、憎しみが、今だけは銭村を支配していた。

＊＊＊

その後の報告や手続きを含めて金剛寺たちを由利と西本に任せると、落ち着きを取り戻した銭村は城崎と共に山口の息子のもとへ向かった。

「結局、俺を車道やホームに突き飛ばしたのが広末課長だったなんて、びっくりでした。そうでないと金剛寺や坂巻が誰かを雇うから。だから、決して怪我をしないように、間違っても大事にならない程度に加減しながら俺を襲ってたなんて」

「しかも、自分の知らないところでお前が襲われることを危惧して、わざわざ荷物や衣類に盗聴器まで仕掛けてたなんてな。どうりで捜査したところで、簡単に犯人なんか出てこないはずだよ。課長はこっちがどう動くのか、わかりきっていて仕掛けていたんだ。それも捜査状況を見ながら、いずれはお前が自分の異変に気づく、きっと金剛寺のことも気づくと信じて、奴らを追いつめてくれるのを待っていた。それこそ、山口隊長の息子が回復するのを気にかけながら」

「でも、そうやって広末課長は俺と山口隊長の息子さんの両方を守ってくれていた。形はどうであれ、必死で俺たちのことを……」

「まぁ、さすがにお前が龍ヶ崎のところへ行ったら、手も足も出なかった。まさか金剛寺の魔手からお前を守ってくれたのがヤクザだったなんてって、最後は苦笑してたけどな」

『そこは、ヤクザではないけどね』

金剛寺に加担した事実があるだけに、広末も罪に問われることは間逃れない。

だが、彼が無事であること、怪我も擦り傷程度にしか負っていないことを、銭村は直接山口の息子に伝えたかったのだ。

「銭村さん……。まさか俺を助けてくれたのが芳一さんの弟さんだったなんて……」

病室へ入って改めて挨拶と報告をすると、九死に一生を得た山口の息子は、心から安堵していた。父や自分のために広末までもと考えたら、生きた心地がしなかったのだろう。報告に現れた銭村の手を取ると、何度も何度も「ありがとうございました」と口にした。

涙ぐんで、死んだ父親の分まで「すみませんでした」と繰り返した。

そして、そのあとには彼が山口の遺言状をきっかけに知ったという、七年前の真相も明かしてくれた。

「――――あのとき芳一さんは、何度も親父に確認してきたそうです。いざとなったら自分が責任を取る。のちのち殺人犯として訴えられてもいいから、どうしようもないときは撃たせてほしいと。それぐらい、現場の空気はおかしかった。メディアに騒がれたこともあって、犯人も正常な状態ではなくなっていて。いつ、人質に発砲するかわからなかったって……」

銭村はその後もただじっと耳を傾けていた。

今の自分には、こうして聞くことしかできなかった。

聞くことで、あの日の芳一を思う。彼がどんな気持ちだったのかを、想像することしかできないからだ。

「でも、父は金剛寺の命令に逆らえなかった。芳一さんにも〝極力軽傷で仕留めろ〟としか言えなかった。あのとき銭村さんが最初の一発で主犯格を仕留めていれば、すべてがそこで終わっていたかもしれないのに……。芳一さんは父からの命令に従うしかなくて、犯人の急所を外した。そのために撃ち返されて、残りの犯人たちからも発砲されて、殺されてしまったんです」

同席していた城崎は、唇を噛み締めて肩を震わせていた。

彼は当時、担当刑事として現場にいた。芳一が撃たれたときの銃声も聞いている。

少なくとも続けて四発が響き渡った。

あれが最初の一発で終わっていれば、芳一は生きていた。

それを知るだけに、瞼を閉じたときには大粒の涙が零れた。この憎しみを、憤りを、どこへ向けていいのかわからないのは、城崎も銭村と変わらない。

「父は後悔していました。自分が金剛寺の言いなりになったことを。自分が保身に走ったがために前途ある部下を、若者を死なせてしまったことを。しかも、のちに金剛寺と武蔵テレビの坂巻が通じていたことを知って……。それを金剛寺に責めたら、お前はもう共犯者だと。逆に彼らから脅し返されて……」

山口の息子は痛む身体を怒りと憎しみで震わせ続けた。

「芳一さんは犯人に殺されたんじゃない。うちの父を含めて金剛寺たちの私利私欲のために死に追いやられたんだ！　それを知ったらいても立ってもいられなくて……。俺は金剛寺と坂巻のところへ……」

銭村が先ほど感じたばかりの憎悪を、殺意さえ込められているだろう憤恨を、金剛寺と坂巻に向けていた。

しかし、銭村に対してだけは身の置き場もないのか、何度も頭を下げてきた。繰り返し繰り返し、銭村が責めたわけでもないのに、ずっと――。

「せめて…、この手で敵を取りたかった。仕返ししてやりたかったのに」

銭村は、山口の息子を見ているうちに、ふと思い出した。

なぜ自分が芳一と同じ道を選んだのか、芳一のあとを追って警察官になったのかを。

「いいえ。それは駄目です。結果はどうであれ、兄は山口隊長やあなたには自分の分まで幸せになってほしいと思っていたはずです。もちろん広末課長にも、自分の敵を取ってほしいなんて、罪を犯してほしいなんて、絶対に思っていなかったはずです」

「銭村さん」

銭村が警察官になったのは、少なからず自分には今の山口の息子の気持ちが理解できるから、この行き場のない思いを分かち合えるからだ。

と同時に、自分の中に生き続ける芳一の思いを守り、そして伝え続けるためで。銭村は、いまだに身体を起こすこともできない山口の息子の手を取ると、力強く握り締めた。

「それに、兄はもしかしたら本当に、自分の判断で射殺をしなかったのかもしれない。飛び込んだ瞬間、まだ犯人に降伏する可能性を感じた。説得できる可能性を感じたから様子を見たのかもしれない」

生前の芳一の言葉を思い出し、それを自分の中で一つの確信に導いていった。

「犯人は裁判で〝殺すつもりじゃなかった〟と涙ながらに主張しました。〝無我夢中で撃ったら当たってしまった。結果的に殺してしまったんだ〟と。俺は、こうして事実を知ったからこそ、あれが兄の判断だったと信じたい。決して、上からの命令に従った、そのためだけに命を落としたとは、かえって思いたくないんです」

「――――っ」

銭村の力強い言葉に驚いたのは、山口の息子だけではなかった。

城崎もまた驚きから目を見開いた。

銭村は城崎にも伝えるつもりで声を大にした。

「兄は、ＳＩＴに入ったときに言ってました。どうしようもないときは撃つと。それは、たとえ自分が殺人犯として訴えられる側に立たされることになったとしても、その場の被害を最小限に食い止めると決めた覚悟です。俺はその覚悟が、金剛寺ごときの私利私欲にまみれた命令に屈したとは思いたくないんです」

それは、金剛寺に向かって威嚇射撃で留めた銭村だからこその思いであり、信念だった。

撃つときには撃つ。だが、今がそのときではないと判断した経験をしたからこその言葉だ。

「俺は兄の言葉を信じます。だから、きっと天国で山口隊長に会っても、ケロッとした顔ですみませんって謝ったと思います。え、俺はあのとき自分の判断で撃ちましたけどって。結果としてこうなってしまったことは、申し訳ありません。ご迷惑をかけてしまって、本当にすみませんでした。でも、後悔はしていません。俺は状況を見て、威嚇射撃にしましたと」

本当なら、生きてこの言葉を芳一が言えれば、山口は苦しまずにすんだ。息子も広末も、そして城崎をはじめとする芳一を慕う仲間たちも。

芳一が生きてさえいれば――――。

しかし、それはもう言ったところで始まらない。どうにもならない。

誰より芳一の声を聞きたいのは、言葉を聞きたいのは銭村自身だ。

「銭村さん」

「お願いです。兄のことでは、もう苦しまないでください。そしてどうかこれからは、山口隊長の分まで幸せになってください。もちろんこれは広末課長にも伝えます。俺自身も、兄の分まで誇りを持って職務に勤め、精一杯生きていきますから。一緒に、頑張りましょう！」

銭村は、まだまだこれから明らかになっていくのだろう、事件の真相を見届けるためにも、今は奥歯を噛み締めた。

山口の息子を励ましながらも、自分自身を励ました。


銭村が病室を出ると、廊下の先にはさりげなくＤｏｇが立っていた。

「すみません、城崎さん。ちょっと先に行っててもらえますか」

「ああ。わかった」

銭村は城崎と別れて駆け寄った。

Ｄｏｇは銭村を誘導しながら人目のつかない屋上へ向かった。

その後ろ姿だけでわかる。かなり機嫌が悪そうだった。

「お前は、あの場で俺がどこから狙うのかわかっていて、金剛寺との間に自分を飛び込ませただろう。一歩間違えば、金剛寺や広末だけでなく、お前も死ぬところだ。怖いもの知らずも大概にしろ」

ビルの谷間に沈みゆく秋の日が、初めて会ったときを思い出させた。

Ｄｏｇが言うように、銭村は広末が動いた瞬間、わざと金剛寺の左側に飛びついたのだ。

金剛寺が肩を負傷していたのを狙ったのもあるが、一番の理由は間違ってもＤｏｇに金剛寺を射殺させないためだった。

これまでどおりの補助的な狙撃以上のことをさせないためだけに、銭村はあえて金剛寺の心臓を庇うように自分の立ち位置を決めていたのだ。

「俺は死なないよ。怪我もしない。お前の腕はよくわかってる。今や神保警視正よりも、よっぽど知ってると思うけど」

ただ、あの場でそんなことが実行できたのは、やはりＤｏｇへの信頼があったからだろうと思った。

銭村自身が何度となく彼の仕事を見ていて、その実力を受け入れていた。その上で、気持ちのどこかで〝Ｄｏｇなら自分の思いを裏切らない。きっと今日も一番いい形で協力してくれるはずだ〟と、信じていたからだ。

「だから、迷いも恐怖もなかった。お前は絶対に俺を守ってくれるし、標的も外さない。お前の目は、あの日の夜から金剛寺局長だけをロックオンしてた。でも、それは俺に協力して生け捕りにするためだ。そう信じていたからさ」

都合のいい話だとわかっていても、銭村は神保に啖呵《たんか》を切っておきながら、しっかりＤｏｇの手を借りたのだ。

「それを俺が認めたら、そうとうな仕事料が発生するぞ。お前の警護代なんて、誰からも貰ってない。お前自身が払うことになる」

すると、連日一緒にいたことで、すでに銭村の調子のよさに気づいているのだろう。Ｄｏｇが銭村自身に報酬を要求してきた。

「結果オーライだろう。仕事料なら特命に水増し請求しとけよ」

「何が特命にだ。奴らはこんなややこしい要求はしてこないし、水増しなんてしたら、逆にどんな言いがかりをつけられるかわからない。だいたい俺に冷や汗を流させたのは、お前ぐらいなものだ。やることなすこと……」

都合の悪い話からはとっとと逃げようした銭村の顎を摑むと、痛いほど握ってきた。

「何するんだよっ」

痛い。なのに熱い。

銭村は顎を摑んだＤｏｇの手を払いながらも、自然と赤らむ頬に困惑し始めた。

それなのに、Ｄｏｇはいきなりその腕の中に銭村を拘束してきた。

ドキン――と、銭村の胸が高鳴る。

「最低一千万、一億は貰わないとわりに合わない。いや、この心労からしたらもっとか？　お前が払えよ」

「馬鹿言えよ。どんなぼったくりだよ。だいたい俺にそんな金があるわけないだろう」

冗談も休み休み言えと言わんばかりの金額が、かえってからかわれているような、遊ばれているような、それでいて甘い誘い文句のようなものにも感じられる。

「なら、身体で返せ」

「それこそ、馬鹿言え――――んっ」

このままではキスをされる。流される。

そう思ったときには唇が合わさり、普通にキスをされてしまった。

まるで恋人同士がじゃれているようで、かえって恥ずかしい。

腹が立つのと同じぐらい、胸がときめく。

「ふざけるなって」

銭村は、憤慨よりも高揚のほうが勝ってしまっている自分に腹立ち、Ｄｏｇの身体を押し退けた。

「けっこう本気だ。だからこそ言ってるんだ。俺が常に傍にいられるわけじゃないんだから、もう少し考えて行動しろ。そうでないと気が気じゃない。命がいくつあっても足りないぞ」

引き戻されて、今度はこめかみにキスをされた。

どうしようもなく、キュンと心臓が跳ねた。

「Ｄｏｇ」

相手は恋人でもなければ、異性でもない。

いざとなったら自分の命を迷うことなく預けられる、それほど信頼もしている相手だと思うのに、それらがこういった行為に繋がるのは変だと思う。

銭村には、いったい彼が自分のなんなのかが位置づけできない。

逆を言えば、彼にとって自分はなんなのか。これだろうという関係や言葉も見つからない。

「わかったか」

「んんっ」

それでも口づけられると、二回に一度も躱《かわ》せない。

回を重ねるごとに、躱そうという意欲さえ彼の口内に飲み込まれていく。

「っん」

舌が絡み合い、意識が朦朧としてきたときには、もう完敗だ。

いつから自分はこいつに惹かれていたのだろう、恋にも似た感情が芽生えていたのだろうと思った頃には、すっかり銭村の意識が飛んでいる。

「――――と。そろそろ仕事の時間だ。じゃあ、続きはそのうちな」

また、やられた。そう思ったときには、銭村の身体は屋上に置かれたベンチに移動されていた。

「銭村。銭村⁉」

様子を見に来たのか、Ｄｏｇに引き取りを依頼されたのか、神保が駆けつけたときには、その場で寝息を立てていた。

エピローグ

思い返すも腹立たしい。なのに、一日やそこらでは忘れることができなかった。

〝なら、身体で返せ〟

〝――――と。そろそろ仕事の時間だ。じゃあ、続きはそのうちな〟

鼓膜に絡む甘い声。傲慢《ごうまん》で嫌味にしか取れないはずの言葉に、銭村は胸がキュンとなった。

金がどうこうというより、彼から再会をほのめかされたことに反応してしまったからだ。

「何が仕事料だ。言いがかりも大概にしろって。そもそも龍ヶ崎のほうや特命からガッツリ貰ってるくせして、どれだけ図々しいんだよ」

あれ以来、何度同じ台詞をぼやいたかわからなかった。

――――くだらない。こんなの無駄だ。ただの愚痴だ。

それはわかっているのに、自宅に戻って気が弛むと、つい口から出てしまうのだ。

「だいたい俺の身体が仕事料の代わりになるなら、もう一生使われても文句が言えないぐらい、やっただろう。ふざけんなって」

銭村は、バスルームに足を向けた。

勢いよく脱いだ衣類を洗濯機の中に放り込み、芯から火照った身体をごまかすように熱めのシャワーを浴び始めた。

顔から首へ、胸から下肢へとシャワーが湯気を立てて滴り落ちる。

ここで冷水を浴びないのは、季節のためではない。冷ましたいほど熱くなっている自分を認めたくないからだ。

『Ｄｏｇの野郎』

固く結ばれていた銭村の唇が、うっすらと開いた。今にも漏れそうな溜息まで、シャワーで流そうとする。

そんな銭村の背後で突然扉が開いた。

「へえ。だとしたら、お前ずいぶん高いんだな。そっちこそ、ぼったくりじゃないのか？」

「は？」

あまりに声が近くて、銭村は驚くよりもポカンとした。

「ん？」

何食わぬ顔で近づいてきたのは、一糸纏わぬ姿こそがもっとも艶やかに見える男、Ｄｏｇだ。

湯気が立ちこめた室内のためか、そうでなくとも妖しい存在感が、いっそう妖しく見える。

緩やかな弧を描いて流れる黒髪、標的をマークしたら仕留めるまで逸れることのない瞳、喉仏から胸元のラインまで魅惑的なそれを、思わずじっと見入ってしまう。

だが、よくよく考える必要もなく、ここは自宅だ。それもバスルームだ。

銭村はすぐにハッとし、抗議した。

「て、何しに来た。いや、どこから入ってきた！」

「お前が不用心すぎるんだよ。玄関の鍵、開いてたぞ」

しれっとした顔で、Ｄｏｇは更に距離を詰めてきた。唇が触れそうなほど、顔を寄せられたときにはもう遅い。

「嘘をつくな――んんっ」

火照った身体、熱いシャワーよりなお熱いと感じる魔性のキス。じゃれるどころか食われるように口づけられて、銭村は壁にはめ込まれた鏡の前で身を崩した。

両膝がカクンと折れそうになったところを抱きしめられて、嫌でも下肢と下肢がぶつかり合う。

「んっ…っ」

自分と彼のペニスが下腹部の狭間で擦れあう。

こんなときに制御できない性《さが》は、ただの滑稽であり弱みだ。どんなに銭村が「嫌だ、やめろ」とジェスチャーしても、すべてを台なしにしていく。

大きく膨らむばかりの欲望を吐露してしまうのだ。

「やっ！」

「明日渡米する。準備をしていたら、急に欲しくなったんだ」

ようやく唇を離すも、甘美な台詞が絡みつく。

「もう一度、味わいたくなって……」

シャワーの音を掻い潜り、目には見えない鎖となって、銭村の心と身体を捕える。

「そんな、勝手な」

言ったところで、逃げられない。

「今に始まったことじゃない」

本当にそうだ。

だから悔しいし、腹立たしい。すでに回避策がないことは、銭村自身も知っている。

わかっているから、認めたくないのだ。

「だからって――――ん、やっ！」

Ｄｏｇが高い位置から見下ろし、ククッと笑った。

頬から外耳に唇が、そして舌が這う。

「ぁっ、やだっ。やめろ」

銭村の抵抗などものともしない男の手が、胸元の突起から下腹部をなぞる。濡れた恥毛を悪戯に撫でた手が、すでに形を成したペニスを摑んで、陰嚢ごと揉みほぐす。

「こんなの……不法侵入……強姦っ」

懸命に抵抗したところで、吐息なのか喘ぎ声なのかわからない。こんなところまでプロフェッショナルな男にロックオンされてしまえば、あとは撃たれて倒れるだけだ。

それでもなけなしの抵抗をやめずに身を捩る銭村に、業を煮やしたのかＤｏｇが愛撫していた陰部をきつく摑んだ。

しかも、そのまま強く引っ張り、向かい合っていた銭村の身体を裏返す。

「ひぃっ！」

性器から走った激痛もさることながら、鏡に映った醜態を見せられ、銭村から悲鳴が上がる。

「そのわりには嬉しそうだ」

どれほど抵抗したところで、銭村の顔は火照り、目はトロンとしていて、日ごろの覇気はなくなっていた。

愛撫されても虐《いじ》められてもペニスは変わらず勃起しており、弄られ続けたペニスの先端からは先走りが滴り、零れ落ちている。これは決してシャワーの雫《しずく》ではない。

「これはただの条件反射……っ」

すでに堕ちているのは、誰の目にも明らかだった。

それでも彼は服従が、もしくは同意が欲しかったのだろう。ペニスへの愛撫を続けながら、後ろの窄《すぼ》みを弄り始めた。

「う……っ」

外耳から首筋にキスをされる。

挿《さ》し込まれた長い指が襞を抉るように掬うように蠢き、銭村を乱す。

「もっと喜び始めた」

そうでなくとも火照っていた身体が、こうなると燃え尽きることだけを望んで、言うことを聞かない。どんなに銭村が意地を張ったところで、見せかけにもならない。

「このっ……ぁぁぁっ」

――――エロ犬が！

せめて悪態の一つぐらいと思ったときには、一気に絶頂へと追いやられて嬌声が上がった。

自分を映す鏡に白濁が撒かれて、銭村はいっそう自身を貶《おとし》めた。

「ここがいいのはわかってるんだ。そう、いきがるな」

中をかき乱した指が抜かれて、代わりに男のペニスが挿し込まれた。

いっそう奥深いところを突かれて、銭村は鏡の前で身を崩す。もはや繋がりを解く余力も気力も残っていない。

「悪夢だとでも思っておけ。どうせしばらく見ることはない」

あるのは更なる快楽を望む欲深さ。

そして、もしかしたらこれが最後かもしれない。突然Ｄｏｇが現れたのは、単に別れを告げに来ただけかもしれないという、なんとも言葉にならない切なさだけだ。

「っ……ん」

「ここか?」

深く、浅く。そしてまた深く、浅く攻められながら、銭村は次第に快感だけに身を委ねた。

「っと…っ」

もっと深いところへやってくれ。溺れるしかない自分を、いっそこのまま——そう言いかけて、銭村は最後の最後で唇を噛んだ。

「もっと奥か?」

「——」

何も言わない銭村に、男は笑ってキスをする。

「意地っ張りが」

「ぁぁっ……っんっ」

これまでで一番深いところを突かれて、堕ちていく。

こいつに手錠をかけてやりたい。逮捕してやりたい。そんな欲求だけが湧き起こる。

だが、それが職務意識か正義かと聞かれれば、そうではない。ただの欲だ。

何かで繋ぎとめておきたい、束縛したい、そんな恋とも執着とも取れる心情だ。

『Ｄｏｇ――っ』


そうして彼は、銭村の意識がなくなるまで攻め続けてから姿を消した。

「結局やられっぱなしかよ」

銭村が気づいたときには、しっかり身体が拭かれて、パジャマまで着せられて、ベッドに寝かされていた。

いったい彼がどこから侵入し、退出していったのかもわからない。

こうなるとスナイパーというよりは、怪盗だ。銭村から取れるもののすべてを取っていった、奪っていったような気がしてならない。

「渡米か。何をしに行くんだか。今度の依頼はＣＩＡか？　それとも直でホワイトハウス？」

コードネームはＤｏｇ。

職業は神出鬼没の狙撃手。それも世界を股にかけたフリーランス。

ただし、銭村に対してだけは、不埒《ふらち》で傲慢でエロいだけのテロリストだった。

「────と、なんだこれ。領収証？」

「先の仕事料、１／１００００回分、確かに領収しましたって…。は⁉　何を基準に１／１０００回？　そもそもあいつの仕事料はいくらなんだ？　俺の一回の価格設定はどうなってるんだよ、ふざけやがって。誰があと９９９９回なんてやらせるか。こんなの、毎晩やっても二十七年以上かかるだろうがよっっっ！」

この先も現れる気満々らしい極上にして極道な、だがけっこう律儀な犬だった。

おしまい♡

あとがき

こんにちは、日向《ひゅうが》です。本書をお手にしていただきまして、誠にありがとうございました。本書は「一応刑事もの」です（笑）。出てきただけで目立ってしまう「あそこに龍の人」とかいますが、主役は刑事&狙撃者です。「極・犬の極は極上の極」ってことで、「極道の極」ではありません。まあ、すっかり食われちゃってるところが、とほほ……なんですが（涙）。

さて、本書はかつてない展開から出来上がった話でした。

なぜなら最初、私はこう言ったのです。「ハードボイルドな殺し屋と刑事の話を考えたんですよ。ピリピリする世界観で生か死か！　みたいな。でもって、エンディングはあえて距離がある二人。たとえるなら、ル○ンと銭○警部みたいに目には見えない絆があって、ベタベタしないクールな大人のカップルを作ってみたいな〜って。で、攻めは龍ケ崎《りゅうがさき》に勝てないまでも負けないお色気系で、ターゲットゲストに色濃いキャラを持ってこられたら…」と。そしたら担当さんから「えー、日向センセはコメディーでしょう（大笑）。ディーンかゴルゴにハートを盗まれちゃって、最後は〝奴はあなたから大切なものを捕《と》っていったんですね。ええ♡〟って展開じゃないですか（さも当然）」と返ってきて、「ナニソレ?」みたいな。

しかも、この話が適度に膨らんだ頃に担当さんから藤井《ふじい》先生に伝わると、「次は銭形《ぜにがた》くんと双璧（イケメン二人）なんですね。ついついイメージが湧いて描いちゃいました♪」と、めっちゃくちゃナイスなラフ（魅惑の三人ショット！）が送られてきまして。それを見た瞬間、私の中にあったハードボイルドは見事にぶっ飛びました。完全に「ヤクザと殺し屋から弄られる新米刑事くん♡」にスイッチが切り替わったのです。ようはＤｏｇ×神保《じんぼ》みたいな感じだったものが、Ｄｏｇ×銭村《ぜにむら》＋龍ヶ崎（保護者）になってしまったわけですね。恐るべし絵力＆担当さんのノリと勢いだけの意識誘導！　もう、いろんな意味で三つ巴なお話です（笑）。ただ、そのため私は「先に届いたラフを見ながらプロットを作る」という、かつてない展開でこの話を書き上げることになりました。今では銭村くんが可愛くて～。なので、皆様にも極シリーズと表裏で可愛がっていただけると幸いです。というか、今回神保の挿絵が入らなかった（定員オーバーと言われた）ので、いつかどこかに紛れさせてあげたいです（涙）。

それでは、またお会いできることを祈りつつ――。

http://www.h2.dion.ne.jp/~yuki-h/　日向唯稀《ゆき》♡

After

――明日渡米する。

そう口にしたように、Ｄｏｇは銭村《ぜにむら》のもとから去ると一路羽田《はねだ》国際空港へ向かった。

ワシントン行きの便に乗るべくロビーを歩く。

すると、Ｄｏｇを待ち構えていたとしか思えない二十余名の男たちが、鋭い眼光を向けてきた。

サングラスをかけたところで、一目でわかる。男たちの中心にいるのは龍ヶ崎《りゅうがさき》。そして左右にいるのは真木《まき》と柳沢《やなぎさわ》だ。

Ｄｏｇにしてみれば、「おいおい、空港警察が飛んで来るぞ」と言いたくなるような光景だ。苦笑しか浮かばない。

「なんだ。こんなところまで見送りか？　それとも揃いも揃って海外マフィア相手に出入りにでも行くのか」

Ｄｏｇは自分から近づくと声をかけた。

一歩前へ出た龍ヶ崎が、わざとらしくサングラスのフレームをいじりながらククッと笑う。

「いや。ずっと気になって消化不良を起こしてることがあってな。これだけ確認しに来たんだ」

何かと思えば、スーツの懐から四つ折りにされたファックス用紙を取り出し突きつけてきた。

「この殺人予告を警察に送ったのはお前か？　お前がエスコートしていたのは俺じゃなくて、実はあっちか？」

「俺はお前も守ったつもりだが」

Ｄｏｇは用紙を軽く指で弾くと、ふふんと笑い返した。

龍ヶ崎が珍しく舌打ちをしてみせる。

「やっぱりこっちがついでかよ。俺と真木を利用しやがったな」

「勘ぐりすぎだ。俺はオイルダラーを積まれたから、お前のエスコートを引き受けた。そのあとにたまたま神保《じんぼ》から〝銭村芳一《よしかず》の弟が狙われているからしばらく見てほしい〟と頼まれた。生憎俺には極道を守る先約があるからと断ったら、それはかえって都合がいいと言われた。エスコート先が龍仁会《りゆうじんかい》の龍ヶ崎なら持ってこいだとな」

厭味ったらしいＤｏｇの言い方に、龍ヶ崎はますます嫌そうな顔をした。

「なら、このファックスは神保が送ったって言うのかよ」

どうしても白黒つけたいのか、アンティークとしか言いようのない予告状を突きつける。

しかし、はっきり「そうだ。神保の仕業だ」と言わないところで事実は明白だ。

「結局お前じゃないか。よくまあ、こんなとぼけたことを」

龍ヶ崎はファックス用紙を破ると、それを丸めて柳沢へ投げた。

受け取った柳沢は、丸められたそれをじっと見つめて苦笑した。真木など利き手で口元を隠して、頬を赤らめている。

――――どの面下げてこんなものを作って送ったんだよ、この殺し屋が！

決して言葉には出さなかったが、思いは同じようだった。

ふと悪気のない銭村の笑顔が浮かぶと、恥ずかしさに拍車がかかった。

しかし、Ｄｏｇはそれさえお見通しなのか、顔色一つ変えることなく龍ヶ崎を見ている。

「そう、カリカリするなって。よかったじゃないか。あいつの兄貴に借りがあったのは、お前のほうなんだろう。そういう意味では、俺はお前の借りを返す手助けをしたことになる」

「一石二鳥とは言わせないぞ。俺は、いや俺たちは何も知らされずに、勝手に利用されただけだ」

「いずれにしたって、お前たちは利用される羽目になってたよ。俺が日本《にほん》に来なくても、神保はいざとなったらお前のところに銭村を押しつけた。神保がしなければ、代わりに由利《ゆり》とかって女上司がやっただろう。皮肉なことだが、それが一番安全だ。あいつがお前に張りついている限り、お前を守る舎弟たちが命懸けで一緒に守ってくれるからな」

これはもう、どっちもどっちとしか言いようのない。

二人のやりとりを聞きがら、真木は口元を押さえたまま失笑した。いっそこの会話、銭村本人に聞かせてやりたいと思ったほどだ。

「笑うに笑えない話だな」

龍ヶ崎の言葉に、真木どころか側近や舎弟たちも小さく頷いていた。

「警察関係者より、よっぽど信用されている証だろう」

「取ってつけたような屁理屈だ。ま、それでも借りが返せたのは確かだ。よしとするけどよ」

最終的に龍ヶ崎が納得したのでこれですんでいるが、そうでなければ収まりがつかないところだ。よもや新米刑事の警護を、殺し屋とヤクザが一緒になって請け負わされていたなんて！　と。

「それよりＤｏｇ。もう一つ気になってたんだが、お前は銭村芳幸《よしゆき》のなんだ？　それとも銭村芳一のなんだと聞くべきか？　銭村芳一が特命課報室に足を突っ込んでいたことは、俺も聞いたことがある。これってやっぱり神保を含めた特命繋がりってことか？」

こうなったら、せめて一連の関係図だけでも熟知したいと思ったのか、龍ヶ崎が訊ねた。

「そろそろ時間だ。悪いがその話はまた今度」

Ｄｏｇは最後まで微笑を崩すことなく、その場から立ち去っていく。

こんなことなら核心から突くべきだっただろうか？

「何がまた今度だ。お前とかかわるような物騒なことは、もうごめんだよ」

Ｄｏｇの後ろ姿を見送りながら、龍ヶ崎が懐から煙草を出した。

「でも、銭形《ぜにがた》とはまだまだ絡むよな。あいつ、うちの担当刑事だし」

「実は子守役なんでしょうか？　うちの組って」

すかさずライターの火を差し出す真木。柳沢は手にしたファックス用紙をどうしたものかと、持て余している。

「冗談じゃねぇよ。それなら西本《にしもと》とやり合うほうがまだマシだ」

「違いない」

「どうも、苦手ですからね。ああいう爽やかなタイプは」

龍ヶ崎たちの脳裏を掠めたのは、悪は悪だと言いきり、真っ直ぐに見つめてくる銭村の姿。職務に、正義に真摯な清々しい眼差し。

そして、搭乗口へ向かったＤｏｇの脳裏を掠めたものは――――、

〝兄ちゃん、お帰り！〟

今では銭村自身さえ覚えていないだろう、過去の記憶。

〝――――誰？〟

〝友達だよ。同じクラスで仲良くなったんだ。これからちょくちょく顔を出すから、遊んでもらえるぞ〟

〝本当！　こっちのお兄ちゃんも高い高いしてくれる？　だっこしてーっ！〟

トワイライトを受けて、キラキラと輝く大きな瞳。

屈託のない笑顔。懸命に伸ばされた小さな両手。

〝わーいっ。芳くん、兄ちゃんたちより高いよーっ〟

Ｄｏｇはクイと口角を上げながら、目を伏せた。

〝あんたはＳＩＴじゃないのか？　だとしたら誰に頼まれて犯人を撃った？　目的はなんだ。いったい何者なんだ〟

軽々と抱いてあやしたはずの小さな身体は、時と共に成長を遂げていた。

〝だから、俺にとってはお前だっていざとなれば守るべき側の者であって、場合によってはただの旅行者だ。暗殺の囮になんてできるはずないだろう。それこそこれが特命からの依頼だったとしても、そんな危険な真似をさせられるか〟

忘れた頃に再会してみれば、思いもよらない言葉を放ち、行動するようになっていた。

〝お前はプロのスナイパーだ。依頼で狙撃はしても、射殺はしない。それが俺の知るＤｏｇ、いざってときに頼れるパートナーなんだから〟

Ｄｏｇは搭乗機に乗り込み、ファーストクラスのゆったりとした席へ着いた。

長い脚を組みながら外を見る。あとはテイクオフを待つばかりだ。

〝ここか？〟

〝っと…っ〟

一番鮮明な昨夜の記憶が、自然とＤｏｇを微笑ませた。

〝もっと奥か？〟

〝――――――〟

〝意地っ張りが〟

〝あぁっ……っんっ〟

気分のいいままテイクオフし、羽田空港からワシントンへ向かう。

だが、そんなＤｏｇの目に何かが光り、射るように飛び込んできた。

『っ！』

それがビルの屋上に設置された航空障害灯の弾いた太陽光だということはすぐにわかった。

しかし、Ｄｏｇにはそうは思えなかったのだ。

〝可愛いだろう。俺の弟だ。世界で一番大切な、たった一人の弟だからな。こいつに何かあったら俺は――――〟

Ｄｏｇは、ふと知り合った頃から逝《い》くまで変わることのなかった芳一のセリフと眼差しを思い出して、窓の外から視線を逸らした。

『芳一が生きていたら、確実に心臓を撃ち抜かれていたってことか』

背筋に冷たいものが伝っていた。

しばらく空は見ないほうがいいかもしれない、そんな気持ちになっていた。

おしまい♡

CROSS NOVELSをお買い上げいただき
ありがとうございます。
この本を読んだご意見・ご感想をお寄せください。
〒110-8625
東京都台東区東上野2-8-7　笠倉出版社
CROSS NOVELS 編集部
「日向唯稀先生」係／「藤井咲耶先生」係

CROSS NOVELS

極・犬 –極上な犬は刑事に懐く–

著者
日向唯稀

2013年10月23日　初版発行　検印廃止

発行者　笠倉伸夫
発行所　株式会社　笠倉出版社
〒110-8625　東京都台東区東上野2-8-7　笠倉ビル
[営業]ＴＥＬ　03-4355-1110
ＦＡＸ　03-4355-1109
[編集]ＴＥＬ　03-4355-1103
ＦＡＸ　03-5846-3493
http://www.kasakura.co.jp/
振替口座　00130-9-75686
印刷　株式会社　光邦
装丁　團夢見(imagejack)
ISBN　978-4-7730-8679-9
Printed in Japan